Un puñado de flechas

María Gainza

Un puñado de flechas

EDITORIAL ANAGRAMA
BARCELONA

Ilustración: «Diana cazadora», c. 1550 (óleo sobre lienzo), Escuela de Fontainebleau, atribuido a Luca Penni

Primera edición: *mayo 2024*

Diseño de la colección: Julio Vivas y Estudio A

ISBN: 978-84-339-2432-2
Depósito legal: B. 3122-2024

Printed in Spain

Liberdúplex, S. L. U., ctra. BV 2249, km 7,4 - Polígono Torrentfondo
08791 Sant Llorenç d'Hortons

Para Azucena, una vez más

Para Javier, por primera vez

El que se deja afectar por una obra
de arte está perdido.

GUY DE MAUPASSANT

EL CARCAJ Y LAS FLECHAS DORADAS

Era el verano de 2008 cuando Francis Ford Coppola llegó a la Argentina. Venía a filmar una película; hacía muchos años que no filmaba nada. Unos meses antes había comprado una casa en Buenos Aires con el fin de instalarse durante una temporada y conocer la ciudad, también tenía un asunto de viñedos en Mendoza y quería estar a tiro de avión. Dentro del equipo de rodaje que se armó acá, había un asistente de arte que apenas leyó el guión empezó a alardear; decía que su mejor amigo era la reencarnación de Tetro, el protagonista bohemio y maldito de la película que iban a rodar. El rumor no tardó en llegar a oídos de Coppola.

Como todo artista que necesita estímulo, el director quiso conocer de inmediato al *alter ego* de su personaje. Ese amigo reencarnado era, casualmente, mi marido, y una noche calurosa de diciembre fuimos los tres —él, mi hija de tres meses y yo— a conocer al monstruo sagrado. Yo no estaba invitada por mis encantos, sino porque hablaba inglés, y mi hija, bueno, no teníamos con quién dejarla.

Coppola vivía en el barrio de Palermo Viejo, en una antigua casa reciclada pintada de rojo que parecía al cuidado de dos jardineros en pugna: el patio delantero seguía el estilo jardín-abandonado-con-limonero-mustio, típico de los caserones de la zona, y el patio trasero, al que se accedía por un pasillo embaldosado con un damero blanco y negro, pertenecía al estilo escenografía-falsa-de-villa-italiana-con-geranios. Sorteando las macetas de terracota, subías por una escalera de hierro a un estudio, un lugar limpio y bien iluminado, el cuarto propio, un búnker vidriado donde Coppola escribía, pensaba y armaba unos porros del tamaño de morcillas.

El tipo era amable y alegre y estaba un poco monotemático con su nueva película. Era menos fascinante de lo que yo había imaginado. Pero quizás una llegue a esos encuentros con las expectativas demasiado altas. La noche de nuestra visita no paraba de hablar, en realidad, le hablaba solamente a mi marido y yo traducía. Al principio me resultó divertido, pero con el paso de las horas traducir la conversación de dos fumados se empezó a poner cuesta arriba. Habíamos terminado unos *linguini* con tuco y me estaba despidiendo mentalmente cuando Coppola pidió conocer la noche porteña y a mi marido se le ocurrió llevarlo al Rodney, que era el bar frente al cementerio donde solía tocar con su banda. Hacia Chacarita salimos todos pasada la medianoche en la *limousine* del propio Coppola —de quién si no— y como al llegar mi bebita dormía profundamente sobre el asiento trasero, el chofer se ofreció a cuidarla. Estacionó el auto en la esquina del bar, se bajó, se apoyó contra la puerta trasera y cruzó los brazos como un guardaespaldas salido de *El padrino*. Capaz está armado, pensé, y elegí una mesa sobre la ventana para poder monitorear el asunto. Desde ese ángulo la *limousine* parecía la anamorfosis del cuadro de Holbein y, de golpe, me pareció que toda la situación sucedía en otro tiempo y espacio. Seguramente era la falta de sueño, sumada al calor y al hecho de estar en un bar de mala muerte con Francis Ford Coppola. Digamos que no era una escena cotidiana. Una amiga que no veía hace siglos se acercó a saludarme y me preguntó, por lo bajo, si yo había tenido un hijo con Coppola.

Adentro tocaba una banda de rock que no era memorable y los hombres hablaban por sobre la música y yo seguía haciendo de intérprete; traducía mal para que la noche languideciera, no por amarga, sino por cansancio de recién parida, pero mi desgano no les movía el amperímetro a esos dos, lo importante no estaba en las palabras que yo transportaba, dijera lo que dijera, los hombres ya habían decidido que estaban encantados el uno con el otro. Yo era transparente, un estado que siempre me ha parecido atractivo.

Sería la una y media de la mañana, la banda había terminado de tocar y me caía rodando de sueño, cuando mi marido se fue a fumar al patio del bar y nos dejó solos. Me sentí incómoda, pero no me esforcé por agradar, estaba administrando la poca energía que me quedaba. Decidí dejar que el señor hiciera el esfuerzo. Entonces Coppola me miró y me dijo que mi vestido de jean le recordaba al uniforme de las obreras en las fábricas soviéticas. Quizás para otra mujer ese comentario hubiera sido una ofensa, pero a mí me resultó una imagen preciosa porque me sentí Björk en *Bailarina en la oscuridad*.[1] Y después, de la nada, agregó:

—Vos sabés —dijo mirando hacia el escenario que había quedado vacío—, el artista viene al mundo con un carcaj que contiene un número limitado de flechas doradas.

Parecía hablarle a un fantasma que estaba ahí y que yo no veía.

—Puede lanzar todas sus flechas de joven, o lanzarlas de adulto, o incluso ya de viejo.

Hizo una pausa dramática como en el teatro y prendió su porro. Aspiró como si tragara una bocanada de aire fresco.

—También puede ir lanzándolas de a poco, espaciadas a lo largo de los años. Eso sería lo ideal, pero ya sabés que lo ideal es enemigo de lo bueno.

Lo dijo como si estuviera improvisando, pero se notaba que era algo que tenía muy pensado.

—¿Quiere decir que el artista no tiene control sobre esas flechas? —le pregunté.

—No mucho —seguía hablándole al vacío, pero escuchaba. Pegó otra pitada—. *It just happens*. Y solo al final de una vida se puede evaluar la periodicidad de los lanzamientos.

Entonces se puso a cantar con voz grave y envolvente una canción italiana.

---

1. Traducida en España como *Bailar en la oscuridad*. *(N. del E.)*

Mi marido aún no había regresado cuando el chofer de la *limousine* entró al bar, se inclinó lentamente con la parsimonia de un mayordomo victoriano, y me dijo: «La niña llora».

Lo volvimos a ver varias veces más. Me acuerdo de que usaba bermudas caqui y zoquetes de distintos colores, no por distracción, sino como un *fashion statement*, y decía que tenía al piloto de su avión privado durmiendo en el altillo de la casa, aunque al hombre nunca lo vi. Me acuerdo de que una vez vino a comer un asado y tuvimos que salir corriendo a comprar un sillón a Easy porque mis sillas playeras eran demasiado endebles para su figura. «El sillón de Coppola» era un mamotreto robusto y horrible, pero cumplió su función, y después ya no lo podíamos regalar ni tirar porque nos parecía un sillón mítico. También me acuerdo de cuando su actor protagónico Joaquin Phoenix, a semanas de empezar el rodaje, se bajó del proyecto. Lo anunció Coppola durante una cena y yo, por decir algo, le dije: «El que se le parece un poco es Vincent Gallo». Lo dije como para llenar el vacío, solo había visto a Gallo en *Buffalo 66* y tampoco tenía credenciales como jefa de casting. Llamémoslo efecto mariposa, derivas de la teoría del caos: a los tres días Gallo volaba a Buenos Aires. Tengo entendido que el actor fue un ser desagradable que le hizo la vida imposible al equipo de filmación. Sentí tanta culpa que nunca pude ver la película terminada.

Unos días antes de empezar la filmación, Coppola me mostró una novela que se había comprado. No recuerdo cuál era. Me dijo que estaba ávido por encontrar

15

un tema que le despertara el demonio creativo, y me pidió que la leyera y le contara de qué iba. No me lo ofreció como un trabajo, sino como algo que yo haría simplemente porque él era ÉL. Me molestó que lo diera por hecho, imaginé que estaba acostumbrado a que le hicieran favores, y mi orgullo no me permitía formar parte de las huestes de aduladores. Le dije amablemente que no tenía tiempo, lo que era cierto porque tenía una hija recién nacida y un trabajo en el diario, pero por supuesto yo sabía que el tiempo es relativo, y de haberlo querido, lo hubiera encontrado. Es relativo hasta que deja de serlo y se vuelve duro como un diamante. Una semana después, mi marido se enfermó gravemente y la vida se nos complicó de maneras inenarrables.

Con el paso de los años el *affaire* Coppola se me diluye, los detalles se borran, pero la historia del carcaj y las flechas doradas sigue nítida. Guardé esa información sin saber que me sería útil más adelante. Cuando conocí a Coppola yo no escribía, pero leía mucho y creía que la literatura era producto del genio joven. Pasados mis veinte, había descartado la posibilidad de ser escritora. Unos años más tarde, la imagen que me dio esa noche me sería de enorme ayuda. No sabemos cuántas flechas trae nuestro carcaj, ni cuándo serán disparadas. *It just happens.* Por supuesto, al contarme aquella pequeña fábula, Coppola estaba siendo autorreferencial, pero yo creo que también me estaba haciendo un regalo por adelantado: le hablaba a la persona que yo aún no veía en mí. Quizás con ella conversaba esa noche cuando miraba hacia lo que yo creía que era la nada.

UN RECODO DEL CAMINO

Hace unos meses sentí que mi escritura había llegado a un callejón sin salida. Se lo comenté a una amiga y ella me recomendó que pusiera la cabeza en otra cosa para ver si lograba destrabarme: «Inflar el rol de la escritora conspira contra el producto», me dijo, y yo creí reconocer ahí las palabras de Hebe Uhart, pero no se lo dije porque en ese momento no quería desviar la atención de mi persona. Fue así, siguiendo una fórmula para desbloqueos, como me lancé a la acuarela: la vislumbré no exenta de nobleza y de todas las manualidades disponibles en las bateas, una de las más baratas y livianas de transportar.

Así que ahí estaba yo una mañana frente a mi escritorio sobre el que había dispuesto con parsimonia una hoja, una cajita plástica de acuarelas, un pincel ni gordo ni flaco y un bol con agua limpia. Iba dispuesta a producir una imagen, y cuando por momentos daba rienda suelta a mi vanidad, me la figuraba como una imagen superior y me imaginaba en un futuro cercano exponiendo mis obras en una galería *under* de Villa Crespo, convertida en artista de culto dentro de un círculo, círculo restringido, por cierto, pero círculo al fin. Qué sé yo, volvía a inflar el producto, y en la desesperación volcaba toda mi fe en la acuarela como terapia alternativa. Decidí que cada día dedicaría a este hobby las mañanas y que de momento dejaría a un lado la escritura.

Pero, *hélas!*, recuerdo, y se me endurecen los huesos descalcificados, el momento en el que me enfrenté a la hoja Canson y me sentí tan bloqueada o más que frente a la pantalla de mi computadora. Enseguida me di cuenta de que cuando el canal hacia la inspiración está empantanado, está empantanado para todo tipo de viajes. Pero como con la acuarela mi ego no estaba en juego, después de todo era solo un desvío de mi actividad principal, decidí buscar una maestra. Ahora creo que fue por pura y hermosa serendipia como llegué a Paolín, una acuarelista coreana cuyo nombre circula por las napas subterráneas del mundillo artístico. Dicen que su mano está detrás de varias de las pinturas que se venden en el mercado del arte bajo rimbombantes nombres castizos. Ella es lo que en la jerga llaman una *ghost painter* y, como buena fantasma, jamás revela su rostro. Paolín solo da clases por WhatsApp. Aunque tampoco son clases exactamente. «Primera etapa para dominio de acuarela», me dijo mi maestra coreana en un primer mensaje: «Todos los días durante mes mirar Cézanne».

Estaba toda excitada esa primera mañana hace cosa de un mes. Había localizado una acuarela de Cézanne en las profundidades del Museo Nacional de Bellas Artes y pensaba pasar un buen tiempo frente a ella. Siempre supe que Cézanne era un artista superior, como se sabe que en la jerarquía celestial los serafines están arriba del todo. Además, podía recitar de memoria las razones por las cuales el pintor ocupaba un sitio nodal en la historia del siglo XX, pero tenerlo enfrente, estudiarlo por mí misma, era otra cosa: el cuadro se llama *Recodo del camino*.

A medio metro de distancia la pintura parece una lluvia de confeti caída sobre el papel; dos pasos más atrás, la imagen se ordena en un caleidoscopio, un metro más atrás, las pinceladas dejan de ser pinceladas y una naturaleza vitalista (si esa expresión no es un pleonasmo) se te viene encima. Hay paisajes muertos y hay paisajes vivos, y este de Cézanne es de los segundos: en él las piedras, los árboles, la curva del camino, están electrificados como a 20.000 voltios. Me recuerda algo que suelo olvidar: que la tierra guarda en su corazón un brasero que provoca movimientos, erupciones y desvíos y que la vida surgió de la materia, idea científica sobre la Creación que se lleva a las piñas con la religión.

Cézanne también tenía sus ínfulas creadoras. Él quería inventar un lenguaje visual que fuera más honesto con la vida que una descripción literal de la realidad. Los impresionistas, decía, estaban demasiado interesados en la superficie de las cosas (salvo Pissarro, el solemne Pissarro de quien Cézanne aprendió mucho para luego desviar las aguas para su propio lago). Por eso, aunque la pincelada rota de Cézanne es impresionista, la arquitectura de la composición, la forma en que construye el juego a partir del color, es suya ciento por ciento. Cézanne rompió con la vieja distinción entre color y diseño. Por eso admiraba tanto a Poussin como a Rubens y no veía en eso una contradicción.

Desde entonces, una vez por semana me entra un whatsapp de Paolín con alguna indicación o sugerencia. No puedo revelar el contenido de los mensajes para no traicionar el vínculo alumna-maestra, lo que puedo decir es que he notado con alivio que ella jamás usa emojis, más bien se inclina y a veces abusa, pero esto nunca se lo diría, de los puntos suspensivos, y solo cuando le gusta mucho una respuesta me manda, a la manera coreana de reírse online, un *kkkkkk* que suena a disparo de ametralladora.

A Cézanne la Provenza le inspiró sus primeras obras. En esa época buscaba un sabor de la eternidad en la naturaleza y sus cuadros de entonces tienen la unidad de un paisaje clásico de Grecia. Más tarde, las pinturas de L'Estaque trazaron la línea de puntos directa entre él y el cubismo (e indirecta hacia casi todo el siglo XX). La serie del monte Santa Victoria es su visión madura en la que la selección y el control gobiernan el cuadro. Pero hacia 1880 Cézanne empezó a aligerar su paleta mediante la acuarela y a restringir los colores a verdes, terracotas y azules casi transparentes. *Recodo del camino* pertenece a esa época. Es el momento cuando el artista empieza a depurar, a dejar de hacer esfuerzos, esfuerzos visibles, digamos. Virginia Woolf comparaba este momento con el nadar de un pato que se desliza serenamente sobre la superficie mientras por debajo está pataleando como un condenado.

No deja de maravillarme cómo algo tan chiquito, tiene el tamaño de un ataché médico, puede dar semejante sensación de inmensidad. Sé de memoria que convertir lo fugaz en eterno es la historia del espíritu humano a través de las formas, pero para ser sincera no tengo la más remota idea de cómo se logra, y aunque ahora intente explicarlo, es un manotazo de ahogada. Cuando la desesperación me arrastra o me pongo intensa, le pregunto a Paolín: ¿Maestra, es lícito traducir a palabras una obra que nació muda? Y se ve que a ella la pregunta le parece una pavada supina, porque la última vez que se lo pregunté, en un gesto de fastidio nítido, mi querida maestra me clavó el visto.

No hay orejas cortadas ni escapadas a los Mares del Sur en el currículum de Cézanne, lo que hay es una potencia creativa plasmada con erudición y sentimiento («Es largo el camino del cerebro al corazón», decía Henry James). Cézanne elige algunas formas y las coloca sobre el papel con tal seguridad que uno ya no es consciente de los espacios en blanco, solo de sus armonías. Después de veinte años de concentración, el artista ya no carga las tintas; se ha vuelto breve y ligero como las pinceladas de sus acuarelas. Fue en esa época cuando Pissarro, que no había olvidado a su alumno, le sugirió a Vollard que buscara al ermitaño de Provenza y le organizara una muestra. Así lo hizo en 1895. Monet, Renoir, Degas gastaron los pocos francos que tenían y se llevaron un Cézanne a casa cada uno.

21

A veces, cuando menos lo espero, mi maestra me toma examen, le gusta mucho el *multiple choice*. El de ayer, por ejemplo, decía: *Recodo del camino* es:

a) Una puerta al futuro
b) Un arco de triunfo
c) La Tierra Prometida

Las tres, definitivamente las tres opciones son correctas, le contesté. Y después pensé: ¿Me estaré fanatizando? ¿Me habré convertido al cézannismo?

Quizás eso explique el robo. Sucedió el 26 de diciembre de 1980 mientras los guardias se recuperaban del pan dulce y la sidra navideña. Alguien entró al Museo Nacional de Bellas Artes y se llevó *Recodo del camino*. Nadie sabe cómo salió la acuarela del país. Pero yo me hago la película: días después del robo, cuando el escándalo aún no se había acallado, una mujer bajita llegó a París, subió a una buhardilla en Barbès-Rochechouart, desenrolló el papel bajo una bombita de luz desnuda que colgaba del techo y tras mirarlo un buen rato se quedó dormida. Debe de haber dormido profundamente, como lo haría yo de tener una imagen así entre mis brazos. Pienso en una ladrona que roba por amor, no por encargo, y que al cabo de muchos años, sintiéndose acorralada por las deudas, lleva la acuarela a vender a una galería parisina. El joven empleado, flamante egresado de la Sorbonne, puede reconocer un Cézanne cuando lo ve y también puede reconocer cuando algo no huele bien. Es él quien avisa a Interpol y, veinticinco años después de desaparecer, *Recodo del camino* vuelve al Museo Nacional de Bellas Artes de Buenos Aires. Hasta ayer seguía ahí. Yo también sigo ahí. Según mi maestra he hecho grandes progresos y pronto podré pasar a la siguiente etapa: yo espero que sea «La etapa en la que la punta del pincel por fin roza el agua» porque mucho mirar pero desde que empezamos las clases aún no he podido pintar siquiera una coma. Aunque, nobleza obliga, hoy he puesto algunas por escrito y, ahora que bajo a mirarlas, creo reconocer en esas curvitas rápidas, breves y sesgadas que forman mis comas sobre el papel un claro efecto de las pinceladas de Cézanne.

UNA CONCENTRADA DISPERSIÓN

> —¿Usted diría entonces —inquirí— que co-
> leccionar obras de arte es una forma de idola-
> tría?
> —¡Ja! ¡Ja! —Se golpeó el pecho—. ¡Por su-
> puesto!
>
> BRUCE CHATWIN,
> *Utz*

Existe, en el interior de nuestra mente, un antiguo repositorio de espíritu animal que parece iluminarse cada vez que nos enfrentamos a la posibilidad de una compra favorable. Es en esa zona, suerte de interfase neuronal entre el deseo y la acción, donde se activa el impulso que precipita al coleccionista hacia su objeto. El legendario «escalofrío de la adquisición» no es más que el subidón de dopamina que circula por el *nucleus accumbens*. Entendido así, el coleccionista dista de ser una máquina de decisiones fríamente calculadas. Parece, más bien, la víctima indefensa, gobernada *a piacere* por un impulso que imbrica recuerdos y sensaciones remotas de placer. Augusto II el Fuerte, el mayor coleccionista de porcelana del siglo XVII, decía: «El deseo de comprar se parece a la necesidad que tenía de chico por comer naranjas». Su pasión desenfrenada lo llevó a encarcelar a un joven alquimista, Johann Friedrich Böttger, con el

25

fin de que este descubriera la fórmula de la porcelana blanca, hasta entonces un secreto solo conocido en China y Japón. Cuando Böttger finalmente perfeccionó la receta en 1709, Augusto fundó la manufactura de Meissen, la primera fábrica de porcelana europea, y, tras ello, comenzó a soñar con el suntuoso palacio que albergaría todos sus objetos. Pero esa es otra historia.

«Lo del *nucleus accumbens* es charlatanería», me dice mi neurólogo. «Nadie ha podido detectar con exactitud dónde se origina ese deseo. La red de conexiones que se activa cuando se presenta la posibilidad de una adquisición es más compleja de lo que la llamada *neuroeconomía* intenta describir. Más que a una luz que parpadea en la oscuridad, se parece a una tormenta eléctrica de vórtices radiales.»

Giraba con habilidad el puro sobre la llama de su encendedor Zippo, un poco echado hacia atrás, como hamacándose en su propia jactancia. «Un buen habano, cuando arde solo, se consume despacio», eso me enseñó el coleccionista hace veinte años. Hacía frío ese día, pero las ventanas del departamento de la calle Esmeralda estaban abiertas para ventilar el olor dulzón, y la *verdure* de la plaza San Martín coloreaba el interior del living como un tapiz gobelino. En esa época, su departamento era amplio y claro y tenía las paredes blancas salpicadas por un puñado de pintores no europeos: el peruano Szyszlo, el chileno Matta, el cubano Lam, el uruguayo Figari, el brasilero Portinari. No era habitual ver una colección de pintura latinoamericana en Buenos

Aires. Eso siempre la distinguió de las demás. Yo era una estudiante de Historia del Arte y me impresionaba ver en vivo, fuera de los libros, a los grandes maestros que hacía poco habían hecho su entrada en la Historia del Arte. «Hacía poco», en términos de procesos históricos.

Durante veinticinco años no lo vi más.

Un cuarto de siglo después nos volvemos a encontrar y en esta oportunidad, mi error, al comenzar la charla, es dirigirme no a la persona que tengo enfrente, sino al retrato que me hice de ella. El pasado es nuestro peluche, y cuanto más lejano está, más perversamente tentador es jugar con él. El coleccionista me invita a almorzar a un restaurante peruano que está a la vuelta de su casa. Quiere estudiarme, asegurarse de que sigo siendo persona de confianza; no me ha elegido por mis cualidades literarias, eso es secundario. Al entrar al restaurante, lo saludan como si fuera un viejo familiar o un accionista. Ordena, o sugiere, pisco sour para los dos. No me animo a decirle que no tomo alcohol. Cuando le traen un platito con rocoto se lo come de un bocado, como para dejar asentado que no se anda con ñoñerías. Comenzamos a hablar y, como estoy algo nerviosa, tomo. El pisco sour es una delicia, no lo sabía.

Cada vez que durante la charla yo use la palabra «comprar», él me corregirá. «Yo no compro, adopto», dirá el coleccionista. Me cuesta incorporar el concepto porque a mí me gusta hablar de dinero. Me limitaré a no oponerme. Siempre que veo una colección me pregunto cuánto habrá gastado su dueño en ella y en mi cabeza empieza a girar un contador. («Degas sigue comprando y comprando y por la noche se pregunta cómo pagará lo que compró durante el día», cuenta su *marchand* Vollard.) Pero el coleccionista no hablará de dinero.

Más bien, me contará sobre su pasado. Del lado paterno tiene un abuelo suizo, del patriciado de Ascona, que, un siglo atrás, el Suisse Bank Corporation mandó a trabajar a Sudamérica y, por alguna razón, terminó en Perú con el grupo Nicolini, una empresa poderosa del mercado harinero. Del lado materno, un abuelo conde de Burga y Cisneros que llegó desde México a Iquitos como cauchero. Más tarde me mostrará una foto de su madre y de su padre en una góndola. Ella, nacida en Iquitos, lleva un pañuelo que recoge su pelo; es guapa, pero no se jacta. Él, nacido en Locarno, lleva un traje gris impecable y sonríe a cámara, pagado de sí mismo. Ahora están conociendo Venecia. Su hijo, el coleccionista, algún día será un hombre muy eficiente en cuestiones laborales y, a la vez, no del todo adaptado a su terreno, afectuoso y distante. Para mí es una *rara avis* hecha a partir de estos fragmentos. Quien fue su comprador en subastas durante muchos años lo llama «el príncipe», por su aire enigmático y lejano. Me termino el pisco antes de que llegue el ceviche, debí haber esperado a tener algo sólido en la panza.

En su Lima natal, el coleccionista estudió en un colegio marista. Más tarde, cuando cursaba Derecho, Luis Jaime Cisneros, profesor de la Facultad de Letras de la Universidad Católica, le puso un 2 sobre 20 en un examen y le aclaró: «Tiene que prestar más atención, le falta foco». Desde entonces haría de esa debilidad su fuerza, concentraría su dispersión, la usaría como energía centrípeta. De Lima se trasplantó a Chicago. Llegó a los veinticinco años como abogado del estudio Baker Mackenzie. Aterrizó sin hablar inglés y aprendió el idioma leyendo las letras de las canciones en un disco de vinilo de los Beatles que escuchaba, en medio de una habitación desnuda, en un tocadiscos portátil Philips. La imagen del disco girando sobre sí mismo lo imantaba.

He pasado la prueba, me ha llevado a su casa después del almuerzo. Por fuera el edificio sigue siendo el mismo, elegante y majestuoso, la quintaesencia de la arquitectura *beaux-arts* en el país: las mansardas de pizarra, la fachada almohadillada, las leves cornisas, los picaportes y cerrajería de la casa Fichet, el hall de entrada amplio, aireado. Todo escalofriantemente francés. Fue un encargo de Emilio Saint a su primo, el arquitecto Carlos Malbranche. Saint era uno de los dueños de Saint Hermanos, la empresa que fabricaba los chocolates Águila y los helados Laponia. Pero esto también es otra historia.

«Veo que no perdió el tiempo», le digo no bien entro al departamento. Me santiguo frente al despliegue de obras, más por impresión que por impulso religioso. «Veo que no perdió el tiempo», le repito. El coleccionista se ríe, una sonrisa que pronto se desvanece. Lo que veo, no lo creo. La casa que supo albergar algunas pocas, exquisitas pinturas, está hoy, de piso a techo, cubierta por objetos de arte. Es como estar frente a una comunidad de percebes, esos crustáceos que gracias a la «glándula del cemento» crecen adheridos, uno pegado al otro, sobre las rocas del mar. Como estoy levemente mareada por el pisco, es probable que solo yo entienda la imagen, debo explicarme mejor: imaginen una proliferación de obras tal que cubre por completo las paredes, que las cubre como una segunda piel, que las asfixia. Recuerdo el cuarto oscuro y el muro gris agrietado donde se proyectaban las diapositivas en las clases de arte barroco. Recuerdo el interior delirante del convento de Nossa Senhora do Carmo en Recife, Brasil. Una tarde, en la facultad, la profesora definió el *horror vacui* como un deseo loco de ver. De eso me acuerdo.

Toda casa que ha sido habitada lo suficiente es el escenario que representa nuestra vida; su decoración señala una forma de pensar traducida al espacio. Veinticinco años después, el coleccionista no es el mismo. El tiempo, el gran guionista, cambia el libreto y la puesta se modifica. Si antes su casa se abría al exterior, ahora se ha cerrado sobre sí misma. No hay postigos, pero da la sensación de que los hubiera. Cortinas de *crêpe* y unas segundas de *voile* tapan la vista a la plaza, son tan gruesas y pesadas que parecen una escenografía hecha de yeso. Apenas algunos manchones verdes y una ráfaga de cielo todavía se dejan ver, con mucho esfuerzo, si uno los busca entre las pinturas. Un débil susurro llega desde la calle. En ese escenario, su protagonista parece alguien más a gusto consigo mismo, sin esa necesidad de mostrar y aparentar tan típica de las personas que compran arte y lo usan como pasaporte. Vive ahora en esta arca inmóvil, refugiado del incesante diluvio de la sordidez humana. Está rodeado de sus seres queridos: objetos, sin embargo, con una vida que nunca llegará a conocer del todo.

Avanzamos despacio. La cantidad de *data* me hace entrar en ensoñación. De golpe, creo que si me apoyo contra una pared, mi hombro inocentemente gatillará un mecanismo disimulado y entraré a una salita escondida, otra sala con más pinturas. No debí haber tomado alcohol, me maldigo. Como un director de museo, cada dos por tres se para frente a una obra y me toma lección sobre su autoría. El pasillo que va a la cocina es quizás el más fácil para este pasatiempo porque ahí cuelgan los *grandes éxitos* de la fotografía latinoamericana: está Horacio Coppola, Grete Stern, Alicia D'Amico, Eduardo Hirose, Annemarie Heinrich, Billy Hare, Sameer Makarius, Roberto Huarcaya. Reconozco a casi todos. ¡Ah! Y allá arriba está también Alberto Goldenstein y Fernando La Rosa y Adriana Lestido. Su cara se ilumina cada vez que acierto. Pero sufro cuando pasamos a las salas de pintura porque se me escapan muchos autores y me da pena no poder estar a la altura. Intuyo su decepción.

En algún momento del recorrido, le haré la pregunta más trillada en la historia de las entrevistas. ¿Cuándo empezó todo? Él me dirá que no recuerda ningún acontecimiento concreto de su infancia que lo inclinara hacia el coleccionismo, pero yo insistiré porque imaginaré que algo debió de haber existido al comienzo, algo que lo predispusiera en esa dirección, porque todos los grandes estetas lo relatan así. «Una mañana, a comienzos de verano, un chico paseaba por el campo cuando vio una niebla plateada sobre la copa de un limonero y decidió subir para mirarla de cerca. El aire estaba cargado con el olor de los azahares, el viento era una caricia. Recuerdo que subí hasta lo más alto y, de golpe, me sentí inmerso en *It-ness*. En ese momento no lo llamé así, por supuesto. No necesitaba palabras. *It-ness* y yo éramos uno.» Tenía siete años. Esa sensación –*It-ness*– se volvería el *leitmotiv* de una vida dedicada a contemplar objetos que le dieran placer a Bernard Berenson.

Supongo que si se sometiera a una sesión de hipnotismo, podríamos alcanzar esa napa subterránea que guarda el germen que disparó la manía del coleccionista, porque no podría calificar de otra manera lo que veo. En lo que para mí ha sido un abrir y cerrar de ojos –¡un cuarto de siglo!– la colección se ha desmadrado, se ha ido en vicio, como la costilla de Adán de mi jardín que, de tan alta, ya no logro podar. Es una maraña visual donde no parece haber un hilo narrativo: son formas aisladas que se adaptan al soporte.

No solo el living y el comedor rebasan de obras: la colección se despliega, cubre el escritorio, la cocina, los baños, ¡los techos! Los dormitorios son curiosamente similares unos y otros, en todos hay pinturas.

–Y este Roberto Aizenberg, ¿dónde lo compró?

–Yo no compro, adopto.

Miro la obra. Es una torre de volúmenes prismáticos superpuestos con unas sombras negras que no parecen ni puertas ni ventanas. La imagen nació inspirada por la Babel del Génesis pero podría ser un zigurat, una fortaleza, un cuartel, un templo o hasta una cafetera italiana. Aizenberg es el Piero della Francesca de la pintura argentina. Su interés por la geometría, la calculada perfección, la reducción de las formas a lo esencial y, por sobre todo, un estado de apasionada concentración son factores que lo ligan a través de los siglos con el pintor de Borgo San Sepolcro. Un horizonte bajo, como siempre en Aizenberg, que de tan bajo ni siquiera se ve porque el edificio lo cubre todo y porque atrás se levanta un cielo color uva vieja que se ennegrece hacia lo alto. En «La máquina que detenía el tiempo», Dino Buzzati relata la creación de Diacosia, una ciudad rodeada por un campo electrostático donde el tiempo transcurre más despacio y los hombres envejecen con el doble de lentitud que el resto de los mortales. Por el shock de aceleración que supone para el organismo el contacto con el afuera, los habitantes se ven obligados a permanecer encerrados dentro de unos edificios inmensos. La atmósfera de Aizenberg recuerda a Diacosia, con esa sensación de prisión perpetua y ausencia de personas, con un tiempo más vertical que horizontal que no sigue el compás común, sino que se encuentra suspendido o ralentizado.

La adopción es un acto legal por el que una persona acoge como hijo a alguien nacido de otros padres. El coleccionista insiste en hablar de *adoptar*. Ante la ley la figura podría funcionar, y después de todo él es abogado, pero a mí me cuesta acostumbrarme. Debo intentar usar esa palabra con fluidez, me digo. Pero no lo logro. En cambio, él no se equivoca jamás. Queda claro que tiene un vínculo de cariño con sus obras, una relación que va más allá de la mera adquisición. No usa clavos para colgar sus pinturas adoptivas, solo tanzas que le permiten descolgarlas con facilidad. «A la noche», me dice, «ellas discuten entre sí. Yo las muevo, las intercambio, como quien separa hijos y los manda a sus habitaciones hasta que amaine la pelea.» Cuando me cuenta eso, me imagino a un hombre caminando por su casa en la oscuridad. Sus pensamientos han pasado más tiempo en compañía de estas obras que en la de ninguna otra cosa, y donde sus pensamientos están, está él.

«Una de las maneras en que los seres humanos tendemos a organizar el caos de la vida es armando una colección», me dice una noche otro coleccionista argentino, no el mío. He terminado de cenar entre tiburones: hombres de negocios, periodismo y arte. En la sobremesa observo la charla con la nariz pegada al vidrio, como si mirara un diorama, pero sobre todo escucho. Mi compañero de mesa continúa acaparando la charla: «Hay muchas modalidades de coleccionismo. Las más extremas y reconocibles son, por un lado, la de ahondar en un solo objeto o período de estudio, y por el otro, la de picotear de temática en temática y construir una sensibilidad».

¿Cuál es la conexión?, ¿qué puente se tiende entre un estribo de plata peruano, una pintura de Rómulo Macció y un vaso Lalique?, ¿qué hilos invisibles unen –además de su origen sudamericano– un conjunto de obras de arte cinético con un Di Cavalcanti y un Tomás Saraceno?, ¿existe un vínculo entre un Kazuya Sakai, un Alfredo Hlito y una serie de Fernando Bryce?, ¿es eclecticismo en su más puro estado o es, como definiría Marcelo Pacheco en su libro sobre coleccionismo de arte en Buenos Aires: «un ensayo de apetencias personales»? Busco líneas subterráneas entre las obras, pero la colección me desafía. Una concentrada dispersión exige un esfuerzo extra de aguzamiento. En varias de las paredes se destacan pequeñas constelaciones armadas por afinidades de color, o forma, o temática. Pero no podría –y acá admito mi falta de pensamiento teórico, mi escaso *expertise* curatorial– inventar un concepto y agrupar todo debajo de ese paraguas. Me resultaría inorgánico, como esas muestras genéricas que veo en los museos en las que han forzado a las obras a amoldarse al concepto. Me pregunto si esta colección no se comportará como las líneas de Nazca, si no tendrá un diseño que solo se pueda entender desde el aire.

En el libro *El ladrón de orquídeas* de Susan Orlean, John Laroche, un cazador de flores, explica a la periodista sus antecedentes como coleccionista:

–Te voy a contar algo. Una vez me volví loco de remate por los peces tropicales. Tenía sesenta peceras en mi casa, buceaba para encontrar los mejores. Un buen día dije: ¡Al carajo, renuncio a los peces!, y juré que jamás volvería a meterme en el mar.

–Pero ¿por qué?

–Se acabaron los peces para mí.

El deseo que se apaga o languidece no parece ser mi caso de estudio.

Diría que acá el apetito continúa en aumento.

–Cuando compra, perdón, cuando adopta un objeto, ¿qué es lo que le da la mayor satisfacción? ¿El momento de colgarlo en la pared?

–El goce viene de la anticipación –precisará el coleccionista–. Por eso hay mil obras en esta casa.

–Ya no entran más –le digo.

–No te creas –dice, y con las manos hace como si estirara una masa para hornear–. Las paredes se dilatan por la noche.

–«De mí perdurará aquello que no pude poseer.»

–¿Es tuya esa frase?

–No, de Marcos Curi, otro de su estirpe.

«Todo pintor o escultor argentino que se vea favorecido por alguno de nuestros coleccionistas, aunque no sea muy elevado el precio pagado por su obra, se debe sentir orgulloso de su victoria. Ha vencido el prejuicio subsistente aún de que no vale sino lo importado», escribía en 1909 en un editorial de la revista de artes plásticas *Athinae*. Faltarían décadas para que las colecciones de arte nacional, ni hablar de latinoamericano, comenzaran a asomar.

Al caer la tarde, el coleccionista me hará un dibujo de la planta del departamento para que me oriente. Es una planta clásica, pero de golpe me doy cuenta de que el efecto al recorrerla es el de estar dentro de un vórtice. Es como si una cayera dentro de un torbellino y quedara suspendida. El vórtice es el inicio de todo para el mundo azteca. Pero el barco del capitán Ahab en *Moby Dick* encuentra su fin en un remolino en el mar de Japón, porque el vórtice es también donde todo termina. Durante unas horas, mientras el pisco viaja por mi sangre, seguiré pensando que la colección es un vórtice que atrae hacia su centro la parte de nosotros que se quiere ahogar, pero también aquella que quiere salvarse.

Léon Daudet recuerda en sus memorias que el conde Robert de Montesquiou le había ofrecido dar una vuelta por su casa para mostrarle sus objetos más preciados. Uno era la bala que mató a Pushkin, la bala homicida que en 1837 había impactado en la cadera del poeta en un duelo con un oficial francés miembro del regimiento de la guardia de caballería rusa. Ese era su bien más preciado. El coleccionista me muestra en una esquina del living un Xul Solar. Es una rareza, por su tamaño y verticalidad. Muestra una construcción laberíntica con una escalera que asciende zigzagueante bordeada de ángeles hieráticos y víboras que, como sherpas personales, guían al hombre enjuto en el ascenso. No sé si será su objeto más querido porque él se rehúsa a hacer distinciones, pero yo sospecho que lo es porque más de una vez aparecerá en la charla. Me cuenta que en la primera muestra de Xul Solar, en una galería de Milán a fines de 1920, el artista logró disuadir a un comprador que estaba a punto de adquirir varias de sus obras con una pregunta que escondía jactancia: «¿Es usted un coleccionista advertido y compra estas porquerías?». Es una geografía visionaria y vertical. No importa que el coleccionista lo niegue, ella tiene un lugar preferencial, como lo tenían los íconos en las esquinas de las casas rusas. «Examinadlo todo, retened lo bueno», decía una grafía de Xul (que en realidad era una cita de la Primera epístola de san Pablo a los tesalonicenses). Esa frase retumba dentro de mí cuando miro la pintura de Xul y pienso que el coleccionista ha retenido una de las mejores.

Se vuelve difícil hablar sobre su pasado, solo lo deja salir a cuentagotas. Hay que presionar un poco. Llegó a ser campeón sudamericano de natación. Una vez, en Iquitos, saltó del trampolín más alto del club frente a una chica que le gustaba y, al caer, se lastimó la espalda. Aún hoy necesita masajes para aliviar el dolor. Lo hizo para impresionarla. «Leí en algún lado que enamorarse es parecido a coleccionar. En ambos casos se peina la apariencia del objeto amoroso para obtener una trama coherente de un enredo», le digo. Me mira desconfiado. En 1875, Freud había definido al coleccionista como un Don Juan desviado que tenía la manía de sustituir con objetos sus conquistas sexuales. La pasión de Freud por las antigüedades era, según su médico de cabecera, solo superable por su vicio por la nicotina y el tabaco. Baudrillard calificó al coleccionismo como un bálsamo frente a la angustia del tiempo. Hubbard decía que la obsesión del coleccionista era un sucedáneo de alguna otra más soterrada: el instinto de cazar, tal vez, o de hacer acopio para el invierno, una pulsión que se remonta al Mesolítico. No nos vamos a engañar, esto es un instinto oscuro bien encauzado. He visto hombres capaces de matar por una pintura en una subasta.

Dos veces me hizo el recorrido por la casa y las ⸱ ⸱ veces se detuvo en las mismas obras, observó las mismas cosas. ¿No es ese el fin común de toda biografía, hacer que los hechos que en nuestra vida parecen moverse sin coherencia hacia adelante adopten un movimiento circular?

Pienso si esta casa llena de obras no será, después de todo, un palacio de la memoria como los que recomendaba crear en 1596 el jesuita italiano Matteo Ricci. Los palacios de la memoria eran construcciones nemotécnicas que te permitían expandir los límites de lo recordado. El tamaño del palacio no importa, explicaba Ricci. La construcción más ambiciosa podía consistir en cientos de habitaciones, pero se podían crear palacios modestos si uno deseaba empezar en una escala menor, una esquina de un templo o un diván podían funcionar. El propósito de estas construcciones mentales era brindar espacio de almacenamiento para un centenar de conceptos (la base de la computación estaba ahí). «A todo lo que queremos recordar», escribió Ricci, «uno debe adjudicarle una imagen.» La colección, entonces, como un tipo de biografía visual donde a cada imagen le corresponde un recuerdo.

De golpe, me parece haber quedado enredada en una trama del cineasta Raúl Ruiz, el director de *La hipótesis del cuadro robado*. En esa película, un entrevistador al que nunca vemos en cámara habla con un coleccionista. Entre los dos discuten sobre la desaparición de un cuadro. La obra perdida, realizada por un oscuro pintor francés del siglo XIX llamado Tonnerre, es parte de una serie de siete pinturas y la leyenda dice que cuando fue exhibida en París causó un escándalo, aunque sus ribetes exactos se pierden en las ambigüedades de la historia. En la película, el coleccionista y el entrevistador tratan de encontrar una conexión entre las pinturas que han sobrevivido; leen las pistas, se internan, literalmente, en los cuadros. Nada que hacer. El sentido de la serie se les escapa y, sin embargo, tienen la certeza de que hay un hilo.

Tras la muerte de Jules, Edmond de Goncourt escribió un libro llamado *La casa de un artista* donde describe con enfermo detalle todas las habitaciones de la casa de Auteuil, sobre el bulevar Montmorency, donde él y su hermano durante décadas cuidaron y alimentaron el fuego de una colección de objetos del siglo XVIII y maravillas de Oriente –hebillas de zapatos, tabaqueras, abanicos, ediciones raras, álbumes de Japón, pipas, pitilleras, sables, bocetos de Watteau, Boucher, Fragonard–. Es la historia del mobiliario de los Goncourt, pero también es una autobiografía, un inventario y una tumba. En un momento dado, Edmond habla de «las orgías de compra» que se pegaban los hermanos en la tienda de Sichel al terminar una novela, y dirá, para diferenciarse de los otros: «Hay colecciones de objetos de arte que no despiertan ni una pasión, ni gusto, ni inteligencia, nada más que constituyen la victoria brutal de la riqueza».

Debería escribirle al coleccionista y sugerirle que compre ese libro –que son varios tomos– ahora que él está en París. El remedio o la distracción del desbarajuste político de un país es, a menudo, el viaje al extranjero. ¿Extrañará sus obras al viajar? ¿Le será un sufrimiento no verlas al despertar? ¿O un alivio? Me pregunto si del otro lado de la atracción está el rechazo.

En *A contrapelo*, la novela y biblia del decadentismo escrita por Huysmans, el protagonista, Jean Des Esseintes, decepcionado del mundo, vive su aislamiento espiritual en los suburbios de Fontenay, rodeado únicamente por sus más refinados objetos. Un día, al salir de una misteriosa enfermedad, Des Esseintes decide visitar Londres. Ante el asombro de los criados, que no lo han visto salir de su casa en años, toma el tren a París y llega a la estación de Sceaux. Como es temprano, alquila un taxi para dar unas vueltas. Va a la librería Galgnani en la rue Rivoli, donde hojea listas de galerías de arte inglesas. Sueña con las pinturas de los prerrafaelitas. Después visita un bar frecuentado por ingleses, toma un vaso de oporto. Ve transformarse a los clientes en personajes de Dickens. Sigue dando vueltas, entra al Austin's Bar y observa los dientes grandes como espátulas de las corpulentas inglesas. Y aún tiene tiempo de llegar al tren cuando recuerda que, en su viaje a Holanda, sus expectativas de que la vida holandesa fuera parecida al arte holandés se habían visto frustradas.

¿Qué sentido tenía desplazarse? ¿Para qué arriesgarse a ver la realidad cuando su imaginación era más potente? Des Esseintes regresa a casa, regresa a sus objetos.

En un rincón del living del coleccionista hay unas montañas de DVD olvidados. Han sido digitalizados hace poco y serán donados, me comenta una de las chicas a cargo de la catalogación. Miro las cajitas que se apilan en desorden y me pregunto si su dueño —sin darse cuenta— no habrá armado una videoteca como un ala más dentro de su colección. Después de todo, las diferencias entre el cine y la pintura son casi insustanciales. A veces miro una pintura y me siento arrastrada como en una película, a veces estoy mirando una película y caigo dentro de una pintura.

Coleccionar es llenar un agujero. Una mañana en Brighton, Inglaterra, el coleccionista Adam Verver gasta una pequeña fortuna en un conjunto de azulejos damascenos. Luego, por un precio un poco más elevado, se procura una esposa. Charlotte Stant, la futura señora de Verver, es una expatriada norteamericana de gusto y talento extraordinarios. Su único problema es la falta de dinero. Al comienzo de *La copa dorada* de Henry James, Charlotte debe compensar su endeble economía con sus gracias sociales. Pero cuando volvemos a encontrarla, convertida ya en la señora Verver, aparece perfecta y pulida: desciende la escalera monumental regada de diamantes. Con el patrocinio de Adam Verver, Charlotte puede brillar como un azulejo damasceno, ahora ella también es «un producto raro y especial». «Hay muy poca gente capaz de apreciar el arte sin desear poseerlo», decía el vendedor Peter Wilson, aunque no sé si *vendedor* es la palabra adecuada para el virtuosismo de las actuaciones que este hombre producía en la sala de subastas, espectáculo en vivo que dicen causaba la misma admiración que ver a Jimi Hendrix tocar la guitarra eléctrica. Se rumoreaba que Wilson había trabajado para la inteligencia británica durante la Segunda Guerra Mundial.

Todo ese artificio construido alrededor de una obra de arte —los *vernissages*, las subastas, las mujeres, los cocktails, los sonados banquetes, las trastiendas— fue para el coleccionista, alguna vez, algo digno de admiración y deleite. Pero los reflectores del mundito del arte ya no lo encandilan. Ahora le interesa organizar, para su propia satisfacción personal, un interior confortable, donde el espíritu se sienta estimulado. Como la paja que se usaba sobre las paredes en el siglo XIX para mitigar el ruido de la calle, el coleccionista sofoca con obras de arte el barullo del mundo exterior.

Este lugar debería quedar intacto para que, dentro

de un siglo, las personas puedan experimentar el efecto vórtice del que yo misma he participado. Recorrer esa casa es caminar por los surcos mentales de un amante de los objetos. Si las obras se dispersan, ya no será lo mismo. ¿Qué hacer? El drama de la muerte es ese, el drama de la separación. Me pregunto qué pasará con esta colección en el futuro, aunque el futuro sea legendario por nunca acudir puntual a la cita. Andy Warhol aconsejaría displicente: «Lo que deberían hacer es comprar una caja cada mes, meterlo todo dentro y al final de mes cerrarla. Entonces le ponen fecha y la envían a Nueva York. Deberían intentar seguirle la pista, pero si no pueden y se pierde, no importa, porque es algo menos en que pensar».

La última vez que estuve ahí, el equipo de catalogación mencionó una pintura que no podía localizar. Era la única, de las mil obras que figuraban en las listas del archivo, que no aparecía. Como el coleccionista no estaba, salimos como el coronel Fawcett a buscar a Z. Durante una hora nos sumergimos en la marea de imágenes: entramos y salimos de las habitaciones, miramos a nivel de los zócalos, escaneamos el cielorraso, patrullamos los pasillos. Podía estar en cualquier lado; perdón, nos chocábamos, permiso. El enredo me recordó a una comedia de puertas, pero, a medida que pasaban los minutos y la pintura seguía sin aparecer, me empecé a inquietar: ¿qué estaba buscando en realidad?

Hoy, cuando mi mente vuelve a esa casa, pienso que la pintura que faltaba quizás me hubiera podido dar la llave para decodificar la colección. Aunque, por supuesto, cabe la posibilidad de que no hubiera un mensaje cifrado para hackear. Entonces debería volver a prestar atención a mis percepciones físicas, darlas por buenas, en lugar de subestimarlas como el coletazo poco confiable de un pisco sour haciendo estragos en el cuerpo de una abstemia. Hay leyendas indias que dicen que, antes de pelear, el búfalo levanta un remolino de polvo con sus pezuñas como una forma de conectarse con los dioses. Quizás el efecto vórtice de la colección fuera también una forma de plegaria visual.*

* Tengo un estante en mi biblioteca con libros que versan sobre coleccionismo. Es una selección poco sistemática y caprichosa. Hay ensayos clásicos y hay novelas o cuentos que giran alrededor del tema. Algunos de esos textos los recuerdo bien. Otros, solo sé que los he leído porque reconozco el tipo de cosas que querría memorizar. De chica transcribía estos subrayados en una libreta, pero mi pereza congénita delegó el proyecto al cajón. Podría decirse que alguna vez fui una coleccionista de subrayados. Muchos de ellos han terminado en este texto.

Todos los días, después del almuerzo, baja una paloma a mi jardín. Nunca la veo aterrizar, solo la noto cuando ya está ahí, instalada muy oronda sobre la tierra, adecentando sus plumas como si literalmente hubiera caído del cielo. Entonces salgo despacio, porque mis piernas ya no son las de antes, llevando en un plato migas de pan que disperso a nuestro alrededor cual círculo de sal. Como en toda pareja, los roles se han fijado: mientras ella come, yo hablo.

Por ejemplo, unos días atrás, le pregunté si había escuchado hablar sobre la artista de los cuadros de cemento. Era un cebo nada más, ella no podía conocerla, es un pájaro joven y su mundo ya no es el mío, pero como tiene un hambre voraz de conocimiento, enseguida me pidió que le contara.

Esto ocurrió hace treinta años, veía muchas muestras en esa época. Ahora los nombres y las caras se me han borrado, pero algunas cosas vuelven a mí con insólita persistencia. Me acuerdo de que había tres obras grandes, yo diría de unos dos metros por dos metros, y estaban colgadas en la pared como pinturas, pero no lo eran exactamente. Una era un cuadrado de cemento gris y el cemento estaba rasgado (con una moladora, después lo sabría), unas lonjas de madera clara asomaban por debajo; el otro eran pedazos rotos de cemento que puestos de canto sobresalían filosos; el tercer cuadrado era de cemento blanco con unas curvas que se repetían como un patrón hecho con una pala más que con un pincel. Parecían pesar una tonelada.

Mi amiga plumífera dejó de comer y me miró con sus ojos de hielo.

Aunque mi relato no era un thriller exactamente, ella parecía compenetrada.

Yo estaba sola en la galería, o eso creía, cuando de golpe a mi lado apareció una chica. Me sobresalté. Dijo ser la artista, cosa que se notaba a la legua por la correlación objetiva entre su altura —era altísima— y las obras. Yo creo que si hubiera abierto los brazos como el Hombre de Vitruvio su tamaño se habría correspondido exactamente con el de los cuadrados. Hablé con ella esa tarde y fue muy agradable porque no había nada pretencioso en su conversación, las cosas de este mundo eran las que le interesaban. Cuando le pregunté por qué usaba el cemento, un material de construcción tan reacio al pincel, me dijo que por alguna razón le atraía aquello que demandaba de un esfuerzo absurdo, desmesurado, un arte que la pusiera al borde de algún peligro. De hecho, casi se había quedado coja usando la amoladora, y, como llevaba ojotas, me señaló una cicatriz reciente en su pie derecho. Parecía orgullosa de ella.

Entonces, le cité el poema de la polaca Anna Swir, ese que habla de entrenar el cuerpo con el esfuerzo de un atleta, de una santa, de un yogui. Y creo que ahí estuve un poco pomposa y que a ella le dio vergüenza ajena, porque cuando miré ya no estaba ahí. Supuse que había ido a buscar algo a la trastienda. Al rato me fui yo, una también tiene su orgullo.

Un tiempo después volví a pasar por la galería. Creía haber encontrado ciertos parentescos entre esas obras y las de un pintor coreano líder de un movimiento llamado Mono-ha, también conocido como la Escuela de las Cosas. Quería comentárselo a la artista, pero, aunque sus obras seguían colgadas, ella ya no estaba. Volví a pasar varias veces, pero nunca más la vi. Cuando pregunté en la trastienda me miraron con desconfianza.

En fin, mi maldito espíritu de la escalera, todo se me ocurre demasiado tarde. Esta mañana, mientras hacía mi cama, llegué a una conclusión. Esas pinturas no eran pinturas y ahí radicaba mi desconcierto. Yo me empecinaba en mirarlas como pinturas y ellas se resistían a ser lo que no eran. Esos cuadrados de cemento eran portales y la artista entraba y salía de ellos. Eso podía explicar su abrupta aparición y desaparición. Portales metafísicos para salirse de sí misma y portales para entrar a sí misma. Una línea directa a Júpiter y una plomada al centro de la Tierra. Como los bloques de arenisca en el Stonehenge, según algunos historiadores disidentes.

Todo eso se lo conté a la paloma y había satisfacción en mi voz porque, treinta años después, creía haber entendido algo. Pero las aves pueden ser crueles.

–Esa idea no se sostiene –dijo interrumpiendo su almuerzo.

–¿Ah, no? –respondí vagamente incómoda.

–Que yo sepa –dijo la marisabidilla– los portales son superficies reflectantes, como los espejos, las aguas quietas de un lago o los charcos de petróleo, y requieren de un viajero con una inclinación hacia lo esotérico. Este no parece ser el caso. El cemento es opaco, infranqueable, y a esa chica le gustaban las cosas de este mundo, lo sólido, lo pesado, el antiguo esfuerzo de ganarle a lo que ofrece resistencia, la lucha contra la gravedad que nos aplasta pero también vivifica, así como los peces se sienten vivos cuando se mueven contra la corriente y muertos cuando fluyen con ella. En realidad, todo esto lo dijiste vos misma, aunque con otras palabras.

Me quedé pensando si yo había dicho tal cosa. La paloma continuó:

–Tiendo a sospechar que más que portales a otra dimensión esas obras eran puertas, de esas que suben y bajan, y que ella pasaba por debajo como la heroína en una película de superacción. En cine lo llaman el Efecto Harrison Ford: deslizarse por debajo de la puerta más pesada justo cuando se está por cerrar. Supone años de entrenamiento y la astucia de no perder un pie en el intento.

Hizo una pausa, reacomodó sus alas de dama de acero y agregó:

–Pinturas como puertas. Nada de espacios y tiempos paralelos ni pases mágicos, con las cosas de este mundo ya tenemos suficiente.

Y como poniendo los puntos sobre las íes volvió a picotear la tierra. Yo dije que estaba sintiendo frío y que iba a entrar, pero en realidad era una excusa para irme.

EL DESCONCIERTO

No siempre sufrimos por nuestros crímenes, no siempre estamos protegidos por nuestra inocencia.

ALDOUS HUXLEY

La diferencia entre un lago y un estanque, incluso entre los geólogos, es debatible, pero mi sentido común indica que el límite debería trazarse de acuerdo a la cantidad de agua que contiene y a la profundidad de su lecho. Walden Pond, el accidente geográfico más famoso de la literatura norteamericana, siempre será un lago para mí, aunque su nombre sugiera lo contrario.

A mis veinte años tal era mi fanatismo con Walden Pond que cuando fui a estudiar a Boston elegí Concord como lugar de residencia. No preví que el pueblo quedaba a una hora y media de la universidad, pero tampoco me importó demasiado cuando me enteré. Estaba empecinada en beber de ese manantial de sabiduría, de tener mi experiencia trascendental como si de un segundo bautismo se tratara. Total, ya no recordaba el primero.

Liderados por Ralph Waldo Emerson, el *pater familias*, los trascendentalistas eran un grupo de escritores que se reunía en el pueblo de Concord al noroeste de

Boston para debatir acerca de conceptos destilados del platonismo, la filosofía kantiana y el misticismo; hablaban de la energía cósmica, de devaluación espiritual, de la búsqueda de la verdad en los patrones de la naturaleza. En el pueblo los creían una secta religiosa y los miraban con recelo. Thoreau era uno de sus miembros más prominentes. Era también el más extremo, el que proponía un corte talibán con las apariencias vanas y la frivolidad social. Una vez lo invitaron a cenar y contestó: «Tan grandes son mis compromisos conmigo mismo que no creo que pueda asistir». Llevaba siempre el mismo sombrero de paja y los mismos pantalones grises de tela gruesa y podía andar vestido así por meses. Decía que sin importar cuán sucia o raída estuviera tu vestimenta, solo deberías cambiarla después de embarcarte en alguna aventura del espíritu que, al finalizar, te hiciera sentir como una nueva persona dentro de ropas viejas. Nathaniel Hawthorne, que era parte del grupo, dijo que Thoreau era «feo como un pecado», pero que había una honestidad en su fealdad que le sentaba mejor de lo que le hubiera sentado la belleza. Para mí, Thoreau parecía un chivo de ojos enormes azules, párpados caídos, nariz larga y penetrante y una barba puntiaguda que brotaba del cuello, un chivo tozudo que insistía en llevar su filosofía a la práctica. Aunque tenía una tuberculosis que lo consumía desde chico, vivir la vida natural no parecía la prescripción ideal. Pero tanto hablaba de ello, que un día Emerson, que tenía unas tierras cerca de Concord, se las ofreció en préstamo y Thoreau se lanzó a su experimento. Como había aprendido carpintería en la fábrica de lápices de su padre, se construyó él mismo su cabaña: una sola habitación de doce metros cuadrados. No había llave en la puerta, ni cortinas en las ventanas, y el lugar evocaba la idea de necesidad más que de lujo. Ahí se instaló Thoreau, a orillas de Walden Pond, durante dos años y dos meses, para vivir deliberadamente.

Hay dos Walden: el literario, que es mental, un campo unificado de la conciencia al que se puede acceder con solo abrir el libro, y el terrenal, que indefectiblemente es la realidad, defectuosa como siempre. Lo sé ahora, no lo sabía entonces. Me enteré cuando llegué en la primavera de 1989.

Thoreau me había transmitido su aventura como la vida de un ermitaño. Pero la realidad es que, incluso en el siglo XIX, en media hora de caminata, una podía llegar de Walden a Concord. No se había ido a donde el diablo perdió el poncho, como yo siempre había creído. Esa fue mi primera decepción. Más tarde encontraría una cita donde el propio escritor había anticipado este reclamo: «La soledad no se mide por los kilómetros de distancia entre un hombre y otro».

El santuario era además ahora un sitio de peregrinación turística. La mítica cabaña era una réplica que solo se podía recorrer por sus laterales, y, dado que tenía el tamaño de un cobertizo para la cortadora de pasto, el paseo alrededor de la habitación duraba quince segundos. De todas formas, me dije, todo esto no es lo importante acá. Un viajero le rogó a la sirvienta de Wordsworth que le mostrara el lugar de trabajo de su amo y ella le dijo: «Esta es su biblioteca, pero su gabinete de trabajo está ahí afuera».

Caminé por la playita angosta alrededor del lago. Lo fundamental eran esas aguas, me repetía, a las que tampoco era tan fácil acceder: la orilla estaba abarrotada de chicos que aullaban, madres que gritaban para callarlos, y padres que parecían ajenos a todo mientras tomaban cerveza a la sombra. Traté de espantar la molestia: enfoqué hacia los árboles, vi cómo la primera fila de pinos rodeaba el agua como las pestañas un ojo líquido, después observé cómo el terreno se empinaba y venía una ceja tupida de arces. Si una lograba concentrarse en la naturaleza como si de un mantra se tratara, el sitio era encantador, pero el esfuerzo era monumental y difícil de sostener, y justamente el protocolo de la meditación trascendental dicta que a los mantras no hay que forzarlos. Pronto descubrí que la gracia de Walden Pond era ir de noche, cuando las hordas se retiraban a sus cuevas bien aprovisionadas.

Era el 17 de marzo de 1990 y con un amigo norteamericano del que hoy solo recuerdo que decía constantemente «*dude* esto», «*dude* aquello», habíamos visitado Sleepy Hollow. No tengo atracción especial por los cementerios, es decir, no me dan aprensión, pero tampoco me fascinan; sin embargo, Sleepy Hollow, con ese nombre que parece sacado de un cuento de Hawthorne, era un lugar donde daban ganas de caer muerta. Me saqué una foto: estoy con una campera blanca que me hace ver como la novia del muñeco Michelin, en la tumba de otra trascendentalista, Louisa M. Alcott —autora de la que solo había leído su novela *Mujercitas* en la versión abreviada de la colección Robin Hood—, pero yo abrazo la lápida con intensidad, como si la piedra fuera una esponja que pudiera estrujar y, al hacerlo, empaparme de genio ajeno. Después nos fumamos un porro, o quizás lo habíamos fumado antes, lo que explicaría la ridiculez de la foto, y dejamos que la noche decidiera por nosotros.

El camino de humo nos llevó hasta Walden Pond. Nos tiramos en la arena que rodeaba el lago. Hacía bastante frío. La sombra densa de los pinos se alargaba oblicua sobre nosotros. La arena color té con leche era rasposa. A unos metros había una bolsa del supermercado Target olvidada, un poco más allá, una lata de Coca-Cola. Nos colgamos pensando qué profundidad tendría el lago; se lo veía insondable, duro y negro como la brea y congelado, porque el invierno en Massachusetts es impiadoso y largo. De golpe, mi amigo se levantó y empezó a caminar sobre el hielo. No me pareció prudente. Imaginé la escena de *La profecía 2* donde mientras juegan al hockey el hielo se quiebra y un hombre cae al agua helada y las corrientes subterráneas lo arrastran. Barajé la opción de huir. Si algo malo pasaba, prefería no verlo. Pero después recordé que Thoreau contaba sobre los trabajadores que iban durante el invierno a cortar gigantescos bloques de hielo que luego se exportaban a la India. Debía tener su buen grosor esa capa. Temblé ligeramente. No sé cuánto tiempo pasó, pero cuando volví a mirar mi amigo estaba a mi lado y Venus brillaba como la punta de un alfiler justo por sobre la copa de los árboles. Su resplandor diamantino se proyectaba sobre el lago congelado como una flecha que en un mapa señala un tesoro escondido.

Esa noche, a la misma hora, pero a treinta y cinco kilómetros de distancia, en el barrio de Fenway Court, todas las luces del museo Isabella Stewart Gardner estaban apagadas. El museo, originalmente un palacio que imitaba en su interior al Palazzo Barbaro sobre el Gran Canal de Venecia, albergaba la colección más grande de arte europeo en Norteamérica. Su dueña había sido la millonaria Isabella Stewart Gardner, de la que Sargent dejó un retrato inquietante. Según Henry James, en esa pintura su amiga Isabella parece una Madonna bizantina y, según un coleccionista japonés, una Kannon, la *bodhisattva* de la compasión. Yo creo que ese retrato tiene algo de la Viena de fin de siglo, un toque de la seductora Judith que pintó Klimt y otro de una mantis religiosa con las manos engarzadas. Isabella no era una belleza, pero tenía armas peligrosas: un físico endiablado y un atractivo intelectual deslumbrante. En el retrato encara al espectador; un halo de luz se proyecta detrás de su cabeza y distrae del rostro que, de todas formas, está un poco fuera de foco, lo que claramente no es un descuido del pintor, lo desenfocó a propósito. Lo que vemos es un vestido negro sobre un cuerpo en forma de reloj de arena. Un cinturón de perlas realza la cintura de avispa y un collar de rubís imanta la mirada hacia el escote. Fue demasiado para el señor Gardner, que le pidió a su mujer que no lo exhibiera en público.

Después del revuelo que había causado el otro retrato de Sargent, *Madame X*, no quería él, ahora, un escándalo. El señor Gardner no podía dejar de ver en esa pintura las contradicciones que encarnaba su esposa. Prefería no ver. El cuadro quedó escondido en la habitación gótica del *palazzo* y solo se volvió a exhibir tras la muerte de su dueña. Pero había cosas que no se podían ocultar. A Isabella las leyendas se le adelantaban en la puritana comunidad de Nueva Inglaterra. Los bostonianos decían que la señora Gardner paseaba leones por las calles y que, si la ibas a visitar, ella se iba desvistiendo a medida que transcurría la noche mientras te explicaba por qué apoyaba la inmigración. Perdió varios embarazos y cuando por fin nació su hijo, una neumonía se lo llevó a los dos años. Entonces los médicos le ordenaron que se fuera a Europa a distraer la cabeza. Desde entonces Isabella solo encontró consuelo en el armado de su colección: «Lo único que nadie podrá arrebatarme nunca».

Cada pintura de su colección fue enviada a Boston en el doble fondo de valijas (porque así, escondido, ha viajado el arte desde que existe el mercado). Su asesor en las compras era un brillante y oscuro lituano llamado Bernhard Valvrojensk, *aka* «Bernard Berenson», que había hecho carrera, primero como eminente historiador del renacimiento italiano en Harvard y después, al saborear el cinco por ciento de comisión que podía llevarse en la transacción, como *marchand*. Al morir, Isabella legó su palacio al Estado con la única condición de que no se modificara. La colección debía permanecer intacta y sin alteraciones.

La guardia nocturna del museo Isabella Gardner eran dos jóvenes de unos veintipico años que el 17 de marzo venían de ensayar con su banda de rock. Habían conseguido un *gig* en un bar de Kendall Square y estaban eufóricos. Estaban fumados también cuando llegaron al museo, pero eso no suponía un problema: no había trabajo más relajado en el mundo que el de ser guardia de seguridad en el Gardner. Además, ese día, a esa hora, el gentío estaba en los bares del *downtown*. Se festejaba el día de San Patricio y tres cuartas partes de la policía bostoniana patrullaba las calles del centro. La población irlandesa forma un clan numeroso en Boston y el día de San Patricio es legendario por salirse de cauce.

La guardia nocturna entró al *palazzo* veneciano a las diez de la noche. Intercambiaron saludos y algún que otro chiste con los del turno de día y se colocaron en sus puestos. Uno se sentó en la oficina de monitoreo donde estaban las cámaras con los planos cenitales de las salas. El otro agarró la linterna y salió a recorrer el patio; ese espacio, con sus plantas subtropicales y columnatas italianas, parecía un monasterio medieval.

Sería la medianoche cuando sonó el timbre. El guardia que estaba en la oficina de monitoreo atendió el intercom. Afuera, dos policías dijeron que habían recibido un llamado de un vecino que los alertó sobre movimientos sospechosos. El guardia, poco acostumbrado a situaciones inesperadas, rompió el protocolo y dejó a los policías pasar.

—¿Estás solo? —le preguntaron.

—Mi compañero está haciendo la ronda nocturna.

—Pedile que venga.

Recién cuando el segundo guardia apareció, los policías sacaron sus armas:

—Señores, esto es un robo.

Los guardias se miraron sin entender; cada uno esperaba que el otro dijera que era una broma. Los esposaron, los llevaron al sótano, les cubrieron con cinta plateada los ojos, la boca e, inexplicablemente, o como si tuvieran dolor de muelas, la cabeza, y los dejaron solos. Los ladrones se pasearon por las salas del museo durante ochenta minutos. Se llevaron trece obras de arte. Entre ellas un Vermeer, dos Rembrandts y un Degas. «Dejaron los marcos dorados», observó con sagacidad un policía al día siguiente. Para el mediodía, intuyendo la incompetencia o posible asociación entre la policía y los ladrones, el FBI había llamado al señor Harold.

Usaba un sombrero Derby negro, un parche negro sobre el ojo derecho, y tenía una nariz que parecía comprada en una casa de cotillón. El señor Harold tendría unos sesenta años cuando lo vi por primera vez en la televisión. No era alguien que pasara inadvertido en un zapping. En la academia militar, los médicos lo habían usado de conejito de Indias y le habían tratado una afección en la piel, una ictiosis, con lanolina y rayos ultravioleta. En lugar de curarlo, le produjeron un cáncer que le comió buena parte de la cara, cráneo y estómago.

El señor Harold no hacía mención a todo eso más que para reírse de sí mismo.

«¿Podés creerlo? Una vez la estúpida nariz se me cayó sobre la mesa en medio de una reunión con los directores del Lloyds Bank», contaba, y estallaba en una carcajada. Era un detective privado que cruzaba el planeta buscando objetos robados. Había trabajado para compañías de seguros durante cincuenta años y entre sus grandes éxitos se encontraba el rescate de un violín Stradivarius en Japón y el de un huevo Fabergé en Finlandia.

—Se pasaron ochenta minutos dentro del museo. Eso, para un ladrón, es una eternidad.

Fue lo primero que me dijo cuando lo conocí, unas semanas después del robo. Le había pedido una entrevista por teléfono, había inventado algo relacionado con un *paper* para la facultad. Puedo inventar este tipo de artimañas cuando me encapricho con alguien, las considero mentiras blancas.

—Venite mañana.

Me pasó su dirección y me indicó con puntillosidad cómo llegar. Me dijo que manejara hasta el Walmart, estacionara el auto, tomara la línea roja que iba a Braintree y me bajara en la estación de North Quincy, de ahí, dos cuadras caminando hacia el norte. Era mediodía cuando llegué. Me gustaría poder contar cómo era la casa del señor Harold por fuera, pero estaba demasiado nerviosa como para reparar en la fachada. Seguramente sería igual a todas, Boston tiene una arquitectura diabólicamente similar. Me abrió la puerta un chico que no pasaba de los doce años, me señaló un tramo de escaleras empinadas y empezó a subirlas de dos en dos como si yo fuera la peste de la que tenía que huir. Subí a mi ritmo por unos peldaños de madera, escoltada por unas paredes leprosas. Llegué a la puerta que había quedado abierta. Me asomé. Una escritora de mayor talla, una Edith Wharton, podría describir el ambiente y dar el nombre de cada mueble, pero eso es algo que a mí no se me da bien. Me quedé parada en medio de un vestíbulo. A un costado había un espejo en el que no pude resistir mirarme. Estaba pensando que parecía un okapi con mis calzas a rayas, cuando el mismísimo señor Harold en persona apareció.

—¿Encontró la casa con facilidad? —me preguntó.

Su sonrisa era bondadosa, eso se veía de inmediato. Recordé a Thoreau, o lo recuerdo ahora porque lo he releído estos días: «La bondad es la única inversión que nunca quiebra».

—¿Le gustaría tomar algo? —agregó.

—Agua de la canilla estaría bien, gracias —contesté.

Lo seguí hasta el living. Era muy alto, más de lo que yo había imaginado, y un poco encorvado. Me recordaba a una jirafa, con su amable y torpe manera de andar. Le había llevado un ejemplar de *Walden* porque por teléfono, al contarle dónde vivía, me había dicho: «¿Sabe? Nunca he leído ese maldito libro». Me agradeció el regalo y lo dejó sobre una mesa ratona donde me imaginé descansaría en paz, imperturbable frente a los peces más grandes que el señor Smith tenía friendo en su sartén.

—Me comentó que estaba interesada en el robo —me dijo el señor Harold. Para entonces ya nos habíamos sentado en sillones enfrentados. No era una cara fácil de mirar. Al principio, una pensaba que el adhesivo estaba perdiendo efecto y que en cualquier momento su nariz caería dentro del vaso con hielos. Pero fuera de esa incomodidad, todo era hogareño. El señor Harold emitía la calidez de una galleta de Navidad recién horneada. Era lo contrario del investigador duro que el cine negro nos ha barnizado en la mente. Esos hombres de andar cansino tipo Robert Mitchum en *Out of the Past,* esos detectives que fuman un cigarrillo detrás de otro han frizado la imagen por demasiado tiempo, como un pedazo de carne que supo ser exquisita pero ahora es gomosa y ha perdido el gusto. El señor Harold ni siquiera fumaba.

—Estudio Historia del Arte —le dije, y luego, temiendo parecer ridícula, agregué—: estoy escribiendo mi tesis sobre coleccionismo.

—Una tesis. Entiendo —dijo el señor Harold, y yo me pregunté qué era lo que entendía, si mi respuesta no explicaba mi presencia allí. Algún día me confesaría que nunca me había creído lo de la tesis, pero que yo le servía como frontón para pelotear ideas y que eso, para un detective, es una oportunidad que nunca hay que dejar pasar.

—Imagino que sabe que el Vermeer robado fue el primer cuadro que compró la señora Gardner.

—El concierto, sí.

—Había solo treinta y cinco Vermeers en este mundo, ahora hay treinta y cuatro. Si la señora Gardner estuviera viva, ya hubiera movido cielo y tierra.

«No es lo que miras, sino lo que ves», decía Thoreau. No diré que cuando el señor Harold hablaba su deformación desapareciera, pero sí que al rato ya no te impresionaba. Llevaba sus problemas con tanta naturalidad que te sacaba el peso de sentirte incómoda.

—Esta es la lista de lo que se llevaron, pegale una mirada.

Leí, aunque ya la había leído en el diario.

—No tiene lógica, parece como si hubieran agarrado al voleo —comenté.

—Todos dicen que iban por los Rembrandts, pero yo intuyo que querían el Vermeer —dijo el señor Harold.

—¿El Vermeer?

—Es lo que yo me hubiera llevado en su lugar. ¿Vos no?

Por un instante, pensé que me estaba poniendo a prueba o, peor aún, que sospechaba de mí.

—Nadie está obligado a declarar contra sí mismo —le dije mitad en chiste, mitad en serio.

Nos veo: es mi segunda visita y estamos sentados sobre la vieja alfombra persa del living de su casa; hay chicos que entran y salen, después sabré que el señor Harold tiene ocho hijos y que esos chicos que circulan son sus nietos, pero no molestan porque ahí estamos los dos, en nuestra burbuja de obsesión, rodeados de papeles y apuntes, recorriendo por millonésima vez nuestro islote de información, trazando líneas de conexión entre cosas que distan mucho de conectarse entre sí, pero que el señor Harold sostiene que pueden terminar formando parte del mismo orden. «Todo funciona en concierto», le digo citando a Thoreau pero ocultando la fuente.

Una vez por semana lo llamo para ir a tomar un café y pasa seguido que, sea la hora que sea, su mujer me dice que está durmiendo.

—¿Por qué duerme tanto? —lo reto más tarde—. ¿No me dijo que encontrarlas rápido era vital?

Él me mira muy serio y me dice que las cosas que uno jamás uniría a plena luz del día se acercan en sueños.

Me acuerdo de la gente festejando la reunificación de Alemania y al general Schwarzkopf con sus marines ensayando de noche en el desierto: chicos de mi edad, o incluso más jóvenes; una mañana el Space Shuttle Discovery sale disparado hacia el espacio, lleva consigo el telescopio Hubble que será depositado en los bordes de la atmósfera para monitorear desde allí el universo.

—Nos vendría bien un instrumento así, ¿no te parece? —me codeaba el señor Harold—. Un telescopio que pudiera mirar hacia el pasado y mostrarnos todo lo que pasó ese día.

—¿Qué lo mueve en todo esto? —le pregunté una vez.

—Soy un cazador de imágenes.

—Sí, sí, suena lindo. —Ya le podía tomar el pelo—. Pero, en serio, ¿qué lo empuja? Evidentemente no es el dinero.

—¿Por qué coleccionan tus coleccionistas?

—Algunos como una inversión social, otros por vanidad.

—Está bien, a tu edad todo se ve en términos tajantes. Pero con los años las fronteras se vuelven porosas. Yo creo que en algunas personalidades el mundo visible se imprime como en una placa sensible. Una pintura puede afectar la calidad de tu día, ¿no lo notaste?

—Sí, desde ya. Una buena pintura te puede volver al eje. —Aportaba mi granito de arena para que la pelota de la charla continuara pasando la red.

—O incluso sacar de tu cárcel. Te cuento algo: yo solía ir a mirar *El concierto* y en cada visita la sola visión de esa escena atrapada en el tiempo calmaba mi mente rumiante. ¿Has visto de cerca a esas tres personas tocando música en una habitación?

—Sí, conocí la pintura antes del robo.

—¿Te acordás de la mujer que tiene la mano derecha extrañamente engarfiada? ¿La que parece escuchar una armonía secreta que nunca llegará a nosotros? Su sola existencia en esa tela despertaba en mí un sentido de la unidad de las cosas con algo superior. ¿Me estoy poniendo místico? Un poco, quizás, pero una trascendentalista como vos no puede asustarse con estas cosas, ¿verdad, corazón?

—Entiendo. Una pintura así te permite tomarte vacaciones de este mundo. Es agradable.

—Es más que eso. Mirar esa pintura, mirarla en vivo, es como tomarte un químico artificial, como tragarte una amapola, algo cuyo efecto a nivel mental te permite liberarte del cuerpo, de la conciencia, de la ansiedad siempre obsesionada consigo misma. El robo de estas pinturas, en especial del Vermeer, me ha negado una manera de trascender.

Hizo un silencio.

—¡Me han quitado mi droga! Y el *craving* me enloquece.

—Ya lo veo —agregué, porque cada pequeñez cuenta en una conversación.

—Dirás que exagero, que «lo material es la cicuta que la civilización nos ofrece como una limonada en el desierto», como dice por ahí tu amiguito, pero *El concierto* era un objeto de bienestar social, tanto como podría serlo un bosque o tu bendito lago. Era una obra que expandía las facultades de la naturaleza humana, generalmente aplastadas por los hechos fríos y las áridas tareas cotidianas. Y no me vengas a decir ahora que una maldita lámina produce el mismo efecto. Sabés bien que no.

Le noté la voz temblorosa por primera vez desde que lo conocí.

—No sabía que había estado leyendo a Thoreau —le dije, pero se hizo el tonto y siguió.

—Te digo algo. Me quedaría tranquilo si supiera que un canalla la está disfrutando ahora mismo, porque eso querría decir que alguien la cuida, pero me temo que no existe un delirante así. Estos tipos del FBI quieren hacernos creer que un loco escondido en un búnker subterráneo en una isla del Pacífico está dándose el subidón de su vida frente al Vermeer.

—He escuchado esa hipótesis. ¿Cree que quieren poner paños fríos?

—Llamalo experiencia, oficio, intuición, pero la tragedia de todo esto es que las pinturas del Gardner fueron robadas para negociar probablemente una salida de la cárcel, y algo se frustró en el camino. En este instante deben estar amontonadas en algún sótano herrumbroso.

—¿Tenemos novedades, señor Harold? –le pregunté unas semanas más tarde cuando por fin me animé a llamarlo.

—Algunas puntas, corazón, pero nada que pueda envolver en papel celofán y ponerle un moño.

Una noche soñé que caminábamos por Walden Pond. El señor Harold iba balanceando su cuello como una jirafa y yo, con mis calzas a rayas y rectificación cervical, seguía pareciendo un okapi. Íbamos enfrascados en nuestra charla, rumiando sobre el robo, repetíamos nombres, barajábamos motivos. De pronto, el señor Harold se quedó petrificado.

—¿Qué sucede? –Le tiré de la manga del saco–. ¿Qué le pasa?

—¿Y si al final se deshicieron de ella? –murmuró sin quitar la vista del agua.

—¿De qué demonios habla?

—¿Y si *El concierto* está en el fondo del lago?

Esa mañana sonó el teléfono en mi casa de Concord.

—Ese libro que me regalaste, Dios mío, lo he estado leyendo y es como el *I Ching*. El autor tiene ese tono parroquial que no sé cómo aguantás, pero se encuentran gemas si uno tiene la paciencia de rastrillar el sermón. Mirá este párrafo –me dijo, y escuché el frufrú de las páginas. Pasó a leer de *Walden*–: «Perdí hace mucho un perro, un caballo y una tórtola, y siempre me hallo sobre sus pistas. Referí a muchos viajeros mi pérdida, les hablé de ellos, les describí sus rasgos y el llamado al que respondían. Conocí a uno o dos viajeros que encontraron al perro, que oyeron el galope del caballo y que vieron a la tórtola desaparecer tras una nube, y estaban tan deseosos de encontrarlos como si ellos mismos los hubieran perdido».

–¿Cree que Thoreau está involucrado en el robo, señor Harold?

–No te hagas la tonta. Lo que te quiero decir es que vos y tu amiguito me han dado una idea. Hay que entusiasmar al público, contagiar la impresión. ¡Qué importa quién las robó! ¡Dejemos de buscar a ese idiota! ¡Si hay un diluvio de estupidez humana, qué le vamos a hacer! Lo fundamental es que devuelvan las pinturas. Hay que involucrar a todos. No debemos estar a más de seis grados de separación de ellas. Con que una sola persona abra la boca, ¡bingo! Las relaciones cambian, el amor se vuelve odio, la amistad se trunca... ¿Sabés lo que realmente creo? Hay que elevar la recompensa.

–¿Le darían inmunidad al delator?

–Inmunidad y una cuenta en las Islas Vírgenes.

No fue tan simple, pero años después el señor Harold convenció a sus superiores de subir el monto de la recompensa de un millón de dólares a cinco, lo que ciertamente aumentó los llamados telefónicos al contestador de la oficina del FBI –desde psíquicos a maestras jardineras, todos parecían saber algo sobre el paradero de las piezas–. Ninguno aportó nada jugoso en términos de investigación, pero sí algunas ideas para tramas futuras: un llamado habló de un sistema que involucraba a seis personas, cada una tenía una parte pequeña de la información: una conocía el nombre del país, otra el de la ciudad, otra el de la calle, otra el número del edificio, otra la letra del departamento y otra el sitio exacto dentro del departamento donde estaban las obras. Otra llamada dijo tener pedacitos de pintura en una bolsa Ziplock, pintura azul del siglo XVII; quedó en enviar la evidencia, pero la encomienda nunca llegó.

Cuando volví a Buenos Aires, perdí contacto con el señor Harold. En la época previa al email, una podía desaparecer fácilmente de la vida de las personas. En algún momento leí que se creía que las pinturas del Gardner estaban en Irlanda, en manos del IRA. Y cuando esa línea se cerró, apuntaron a la mafia italiana. Durante quince años se vigiló el taller mecánico de persianas bajas donde la mafia italiana de Boston en su destilado más potente –Bobby Donati, Bobby Guarente y David Turner– desplegaba sus asuntos. Según un documental que hace unos años salió en Netflix, los apretaron, pero nadie habló y, con el tiempo, los miles de posibles cabos sueltos quedaron sin unir. Salvo Turner, que estaba en prisión al momento del robo, el resto de los sospechosos han muerto, algunos por ataques cardíacos, otros por decapitación. El señor Harold también murió hace un tiempo, y de eso también me enteré por los diarios.

Y yo todavía estoy acá, veintitrés años después, dándole vueltas al asunto.*

* No sé cómo llegó el ejemplar a mis manos, pero sé que cuando lo leí, no entendí mucho. No por una dificultad inherente a las ideas o a la prosa, sino por una falta de entrenamiento en el género. Entendí poco, pero lo suficiente como para darme cuenta de que esto suponía un salto cuántico; atrás quedaban mis novelas juveniles de John le Carré, Jackie Collins y Sidney Sheldon, una dieta alta en alimentos procesados que no desdeño. Pero *Walden* de Henry D. Thoreau fue la primera literatura extraña con la que me topé y, a la salida de la adolescencia, me resultó irresistiblemente atractiva. Era un híbrido multiforme, o como Aldous Huxley diría: «Una asociación libre contenida artísticamente». Tenía razón el señor Harold. *Walden* tiene un tono moral que irrita, pero de joven esa voz autoritaria no me molestaba, quizás porque me mostraba un camino nuevo y con eso me bastaba.

LA GRACIA EXTRAÑADA

Dos veces al mes tengo migrañas. Suelo darme cuenta cuando están por llegar porque una ligera presión se instala del lado derecho de la sien, como si un vaso sanguíneo se inflamara o una tubería auxiliar se hubiera tapado. Creo que es el nervio trigémino empujando sobre el cráneo. Cuando está por empezar, se siente apenas, y por lo general no le presto atención, lo niego, pienso que estoy imaginando, que esa presión no es suficiente indicio del advenimiento, que quizás es solo la fantasía paranoide y que el ibuprofeno puede esperar, y ahí viene el error, porque una vez que el ataque de migraña se desencadena, ya no hay vuelta atrás. Es como si un tornado te agarrara en medio del campo sin techo ni árbol bajo el cual refugiarse. Oliver Sacks, el neurólogo, las llamaba «tormentas psíquicas». La migraña tiene un origen neuronal muy profundo y cualquiera que lo haya experimentado sabe a qué me refiero. Es un desperfecto que nunca se siente superficial. Yo he aprendido a vivir con estos dolores de cabeza porque los míos no me inhabilitan del todo, sé de otras personas que no pueden levantarse de la cama por cuarenta y ocho horas. Yo ando un poco mareada, un poco con ganas de vomitar y bastante irritada, pero ando. De los múltiples síntomas de la migraña, al único que tengo entre ceja y ceja es al aura. Es por lejos el que mejor nombre tiene, «aura», pero yo creo que la llaman así y le dan connotación angelical para camuflar el terror que conlleva, algo que, si te sucede por primera vez, parece la llegada de un accidente cerebrovascular. Generalmente se presenta tras un disgusto, cuando por fin me he relajado. Unas horas antes mi corriente eléctrica cerebral se sobresaturó, tuve lo que comúnmente se llama un estresazo o, en su versión más porteña, fundí biela. Por ejemplo, ayer estaba lavando los platos del mediodía, el agua me corría tibia por las manos, había hecho una tarta de brócoli salida de una pintura flamenca del siglo XVII, y todo parecía en paz, cuando sobre los azulejos de la cocina empecé a ver los rayitos locos. Centelleos intermitentes en el campo de visión, diría el manual. El día anterior había tenido un disgusto familiar de los fuertes. Ahora sé que el aura es como una ola que avanza desde la parte de atrás de la corteza cerebral hacia adelante, bajando el nivel de la excitación neuronal.

Cuando el aura pase, el mundo no será igual. Y es acá donde me gustaría detenerme. Convivo con veinte primas del lado paterno en un chat de WhatsApp, siete de ellas sufren migrañas con aura y tienen relatos de tías y abuelas con los mismos síntomas, lo que evidencia que la propensión a la migraña es hereditaria. Una de ellas dijo que al salir del aura sentía «el cuerpo completamente blando como si no tuviera huesos». ¡Es así! Pasados los rayitos locos, mi cuerpo se siente blandengue y amorfo y a eso se le suma la extrañeza. Después del aura miro al mundo como si no lo reconociera del todo. He leído un poco sobre el asunto. Se dice que antes de los ataques de migraña o epilepsia se revela un mundo etéreo. Hay quienes ven ahí una fuente de mitopoiesis, pero lo que yo percibo todavía no me ha sido útil como material artístico: siento que los brazos y el cuello se me estiran como palitos de la selva, que mis pies se hinchan, que esta habitación donde duermo hace veinte años no es la mía y que los listones de madera del piso están inusualmente largos. No cometeré la burrada de decir que Aída Carballo dibujaba como lo hacía porque tenía migrañas, no hay referencia alguna a ellas en sus diarios de internación en el hospital Vieytes y no puedo inferir, como se ha hecho con Lewis Carroll, que sus distorsiones perceptivas fueran producto de alucinaciones visuales. Pero sí quiero dejar asentado que tras el aura mi cuerpo se siente como habitando el mundo de Aída Carballo. Un mundo que ha atravesado algún tipo de espejo o superficie gelatinosa. Estamos en la ciudad del tiempo detenido.

Salgo a la vereda, los fresnos de la cuadra como centinelas bien erguidos me vigilan, la banda del taller mecánico toma cerveza desde temprano, el linyera se sienta sobre el *capot* de su auto-casa y habla con un perro zaparrastroso, una pareja se besa en la esquina. El beso parece no terminar nunca. Todo lo que conozco de memoria parece que sucede en otro plano, un poco caricaturesco, un poco perturbador. Un buril ha dibujado las

73

cosas con nitidez enceguecedora y las personas y los objetos se me presentan dispuestos ordenadamente en el plano rebatido de la calle como en una pintura de Uccello que, en lugar de suceder en un campo de batalla, ocurre en un barrio porteño a las tres de la tarde de un día laboral.

Una mezcla de tristeza y grisalla hay en todo esto, y que mencione que es día laboral no es baladí. Estoy hipersensible y a la vez abstraída y el silencio que creo escuchar también es parte de mi estado posaurático, por más que sea un martes y los colectivos pasen desaforados por la esquina. Hoy ellos me son indiferentes porque, en esta frecuencia fuera de dial, todo el barrio me resulta poesía coloquial de la existencia. Y ya no sé si estoy hablando de mí o de Aída Carballo, eso pasa con las artistas potentes, se te meten adentro y a través de sus imágenes ahora todo adquiere una falta de ansiedad notable, una calma chicha, la gracia extrañada.

La vecina me pregunta si la noche antes tuve un corte de luz —es verano y ya vamos por la novena ola de calor—, le contesto en cámara lenta y mientras lo hago lo que sale por mi boca no se escucha pero ella parece entenderlo, y ahora que la miro bien, con su pañuelo en la cabeza, nariz ganchuda y las pupilas de los ojos dilatadas como un gato nocturno, mi vecina está muy similar a un grabado de Carballo, pero me cuido de no exteriorizar mis sentimientos, y además, no me engaño, sé que en ese momento el personaje de Aída Carballo soy yo. Aída, defensora como nadie de lo propio: «Antes que una copia de algo que no es nuestro, prefiero el arte de alguien que hace un barrilete para su hijo».

74

Durante esos minutos que el mundo se enrarece, más que nunca entiendo el título de su grabado «La lombriz es un pariente leve de la locura». No sé si «entender» sería la palabra, lo experimento físico-químicamente, que es una forma de percibir con el intelecto pero de manera subrogada. El efecto posterior al aura tarda en irse una hora o dos, y después sobreviene una calma y una lucidez y un alivio, como si en la Central Atucha después de un desperfecto técnico se hubiera por fin restablecido la corriente normal de electricidad. En la sala de espera de mi neurólogo conocí a una chica que me dijo que prefería no tomar la medicación para poder «ver los rayitos y que el mundo se le volviera más raro». Eso es lo que llaman hacerse amiga de tu enfermedad, supongo. Yo aún no estoy ahí.

EL TRIÁNGULO DE PIRIA

Al final, puede que las líneas hayan tenido que ver con lo que sucedió. Porque así como rara vez escribo a mano alzada, solo de tanto en tanto abro mi casilla de correo, que ha quedado convertida en vestigio de un mundo mejor.

Rte. Guillermo Kuitca
Asunto: Quizás te interese
Mensaje: Yo tenía una galerista en Amsterdam que un día cerró su galería y se instaló en el sur de Francia. Hace unos años la visité y me llevó a un sótano debajo de la casa donde guardaba obras de las que se quería desprender. No eran propiedad de ella y nadie las reclamaba, no sabía qué hacer. Como estaba preparando el almuerzo, me dejó mirar solo. Mientras revisaba sin demasiado interés, encontré una obra mía, una obra realmente pésima. No le dije nada. Esa noche yo me volvía a Buenos Aires y no tenía ninguna intención de traerme la obra. Aproveché para que se perdiera para siempre.

–Quod non est simulo, dissimuloque quod est –le dije cuando hablamos por teléfono.

–¿Qué? –preguntó el artista.

–Significa: «Niego la existencia de eso que existe». Era la inscripción en una pintura que aparecía en *Children of the Stones*, una serie de los setenta.

–No la vi, pero no desviemos el tema, yo busco mi pintura.

–¿Terminaría ahí mi misión?

–No, si la encontrás, traela.

–¿A cualquier precio?

–Haré una oferta, si es necesario.

Yo no fumo, pero en esta historia se ve la luz de mi cigarrillo Camel titilando al fondo de un callejón sin salida. Llevo mocasines de ante con suela blanda para no hacer ruido y un sobretodo Burberry azul oscuro ceñido a la cintura. Soy dueña de mi personaje.

La Academia funcionaba en una casona estilo italiano antiguo de Villa Crespo sobre la calle Loyola, pero no había placa que anunciara sus actividades. Toqué el timbre. Un chico que no parecía el cerebro de la organización nos dejó pasar. Por dentro, el lugar era completamente falso, además de poco convincente. Daba la impresión de no tener profundidad ni grosor, una puesta en escena que no podía engañar ni a la chica de siete años que me acompañaba. Había sillones desvencijados cubiertos por una capa de polvo que parecía talco; copias de lámparas *art nouveau* envueltas en telas de araña remilgadas como cubreteteras de crochet; una foto de un hombre de pie sosteniendo con la mano lo que parecía ser una trucha gigante, o un rifle, y, sobre un escritorio de madera, un cenicero con colillas apagadas y una placa que decía: «Detective Maiolino».

—El detective no vendrá hoy, está resfriado —dijo el chico—. ¿Puede completar este formulario?

Era escueto.

—¿Trabaja?

—Soy crítica de arte.

—¿Por qué quiere dedicarse a esta nueva actividad?

—Creo tener un talento natural para ella.

Al salir le volví a preguntar a mi hija si le parecía demasiado excéntrico este asunto de su madre detective y me dijo: «Tranquila, mamá, va a estar todo bien».

Mi primera clase. Pleno microcentro un sábado a la mañana es tierra de nadie, el lugar ideal para terminar en una zanja. Sólo los «arbolitos» que buscan extranjeros incautos para comprar o vender sus dólares. «Cambio, cambio, cambio.»

Me habían dicho que era el piso 7 pero el 7 no existía en el portero que daba a la calle. Me las ingenié para entrar de todas maneras. Esperé una eternidad el viejo ascensor, mis ojos quedaron enganchados en los cables negros que bajaban portentosos como pitones desde el cielo oscuro. Mientras esperaba miré las cornisas voluptuosas a mi alrededor, parecía un edificio estatal por su elegancia vetusta. Subí hasta el piso 6, y después hice otro tramo por una escalera. Ingresé a lo que llamarían «El aula oval», un salón desde cuya ventana curva se veía el edificio del Congreso de la Nación. Había una mesa también oval, un largo estante que exhibía la colección de La Ley (faltaban el tomo V y el IX) y una alfombra hipnótica y, me atrevería a decir, carísima, que parecía de la casa Kalpakian, de una época cuando la *maison* hacía diseños basados en las pinturas de Polesello. De lunes a viernes el aula debía ser una oficina para asuntos jurídicos donde un jefe arribista había gastado presupuesto.

El mismísimo Maiolino entró a la hora señalada. En Buenos Aires los detectives suelen provenir de las filas de la policía o de los servicios, pero este hombre parecía venir de un asado con amigos. Ni alto ni flaco ni nada, en la calle sería invisible. Su especialidad, anunció, era perseguir amantes, lo que más plata daba dentro del rubro; pasamos tres horas mirando «seguimientos»: filmaciones con celular, largos planos secuencia de persecuciones en auto por la avenida Lugones, un giro a la derecha, una calle angosta y de ripio que lleva al río, unos mocasines, las hojas de un árbol, *zoom in* a un muelle donde una pareja se abraza y el agua turbia del río centellea detrás como en un póster cursi. De golpe, me hace sentir mal estar espiando a una pareja de amantes. Se nota que hay cariño sincero más allá de calentura, que por otro lado tampoco sería sancionable. En fin, me cuesta definir las fronteras de este trabajo. Maiolino nos recalca el valor de conseguir pruebas contundentes: fotos en foco, audios sin interferencia, filmaciones sin teleobjetivo. «Nunca subestimen el poder de negación de las personas», dice, apaga el proyector y prende la luz.

No parecía tener moral ninguna, ni una inventada siquiera, creo que eso era parte de su éxito, los Marlowe cínicos y sentimentales ya no se estilan. Tenía además una gracia que lo elevaba unos centímetros del subsuelo, cada vez que podía metía una palabra en latín: *De parvis grandis acervus erit* era el lema de toda búsqueda; *Odi et amo* era el combustible del cliente; *Homo homini lupus* era la ley de la calle.

Había un chico que desde la primera clase decretó ser mi mejor amigo; la edad nos acercaba, todos los demás andaban por los veinte. Mi amigo traía siempre un bolso grande de Adidas que dejaba custodiado bajo sus pies. Yo acababa de publicar un libro de poesía en cuya tapa había una foto de cuando era chiquita disfrazada de cazadora. Posaba en pijama delante de un empapelado de animales, en mi mano derecha llevaba un rifle de juguete, en mi mano izquierda sostenía por la cola a un tigre de peluche. Se lo debo haber mostrado porque un día, en un recreo, mi amigo me dice: «A vos que te gustan las armas». No llego a contradecirlo cuando abre el bolso y saca una pistola del tamaño y color de un gatito negro. Me la muestra debajo de la mesa, es algo entre nosotros, como un *secret handshake*. Estiro la mano para acariciarla. «Cuidado», me dice, «está cargada.»

Al sábado siguiente nos visita la perito grafóloga Victoria Webb. Recuerdo su nombre porque me gustó, si fuera escritora de policiales probablemente lo usaría. Victoria tiene un peinado hecho con ruleros como el de Angela Lansbury en *Murder, She Wrote*; parece una dulce abuelita pero no lo es. Nos pide que escribamos a mano alzada unos quince renglones, no importa el contenido, lo fundamental es que aflore el inconsciente. Se escucha el siseo de las biromes sobre el papel. Me cuesta escribir a mano, he perdido la costumbre, pero me obligo y me paso de los quince renglones porque me gusta dar un poco más, que no es lo mismo que querer sobresalir. Victoria recorre la mesa oval, pasa de alumno en alumna haciendo comentarios. Cuando mira la escritura de mi mejor amigo le dice: «Vos tenés mucha violencia contenida, se ve en los arpones de tus letras z y g». Yo, que sé que mi amigo está cargado, agrego: «Para mí es una gran persona». La perito hace como que no me escucha y sigue, explica que los espacios en blanco dentro de una misma palabra son síntoma de ansiedad y angustia. «Como en este texto», dice, y levanta mi escrito frente a toda la clase.

«Conozcan a su cliente», me había enseñado Maiolino.

De Kuitca había leído varios textos de «estilo sepulcral», textos brillantes y laudatorios que me recordaban aquellos redactados sobre el mármol de las tumbas, textos de donde los pecados y las miserias habían sido astutamente excluidos y la vida del artista parecía clara, un ovillo dorado desenredado desde la cuna. Había tantos textos que era abrumador, todos habían escrito sobre el hombre y su creación: estaban los estudios biográficos, las exégesis, las entrevistas y los perfiles, no quedaba resquicio sin investigar.

Para el público común el universo de Kuitca empieza con sus escenarios gigantes de paredes altísimas, diminutas puertas negras y una escenografía estable con variaciones coreográficas: sillas, a veces dadas vuelta, camas de sábanas prolijamente tendidas, espejos o pinturas que ponen en abismo la imagen y personas apenas esbozadas. El punto de vista es el de un *régisseur* que repasa la obra desde un palco posterior. Sus actores, dado que el mundo entero es un escenario y Kuitca es absolutamente shakespeariano en la grandeza de sus temas y en lo universal de sus imágenes, se arrebatan y contonean inmersos en una situación tensa que jamás se aclara. En ese espacio áspero, ideal para la conflagración, las camas parecen un refugio pero también un sepulcro; el motivo se hilvana maravillosamente bien dentro del cuento del arte: desde la tierna escena del sueño de los Reyes Magos en el capitel de la iglesia de Autun, a la mortuoria cama rojo-coñac de santa Úrsula en la pintura de Carpaccio, al cuadro de Delacroix donde Sardanápalo semeja el capitán demente de un barco encallado, a la inestable camita amarillo-manteca-fresca de Van Gogh, en todos los casos la cama es siempre la expresión taquigráfica de un escenario, la quintaesencia de «las cuatro tablas locas» sobre las que la humanidad juega sus amores, farsas y tragedias.

Hasta que, de repente, las figuras desaparecen de escena y el drama cambia de signo; las imágenes de Kuitca se vuelven diagramas, plantas arquitectónicas de casas vacías, o apenas amuebladas, dibujos que en la jerga detectivesca llamaríamos «planimetría forense», dado que podrían ser el croquis de la escena de un crimen. Una vista aérea de una casa de tres ambientes, de lejos anodina, de cerca, siniestra. Una mancha roja, un cerco de espinas o un cerco de textos electrificados, cargan la imagen con el horror del domicilio. Es la percepción de la mente como una casa pero también como una cárcel, síntesis moderna de la arquitectura del inconsciente inaugurada tres siglos atrás por Piranesi.

Kuitca explora los confines de su celda. El zoom se abre: de una cama, a un plano, a un mapa. Entonces aparecen las cartografías atravesadas por un entramado de líneas; líneas que nunca se termina de saber si indican lugares existentes o no; líneas que espolean la mente viajera. Dicen que el movimiento es la cura para la melancolía y que sus beneficios se ven hasta en el sedentario más recalcitrante.

Aunque solo una vez había salido de Könisberg y en esa oportunidad no se había alejado más de sesenta kilómetros, Kant se jactaba de conocer Londres y París como si hubiera vivido en ellas toda su vida. No viajaba, decía, porque necesitaba de la concentración y la quietud para estudiar otras ciudades. Ya era un viejo filósofo cuando, un día, le propuso a Thomas de Quincey hacer un viaje. El inglés le organizó una pequeña excursión a una casita en el bosque. «Bien», dijo Kant, «me da igual el lugar, si está lo suficientemente lejos.» Pero apenas llegaron a las afueras de la ciudad, el filósofo consideró que el viaje ya se había extendido demasiado y empezó a quejarse. «El regreso, que no duró más de veinte minutos, le pareció insoportablemente largo», cuenta De Quincey en *Los últimos días de Immanuel Kant.* «¿Pero vamos a llegar alguna vez?», exclamaba continuamente el filósofo. A los pocos días comenzó a hablar otra vez de viajes, sobre todo de viajes a tierras muy lejanas.

Kuitca pinta esas tierras lejanas, a veces sobre lienzo, otras sobre colchón. Al mirarlas no me recuerdan a ningún mapa conocido y, aunque parecen extrañas, no dan jamás una impresión de falsedad o de gratuidad. No creo que ellas se sitúen en un lugar imaginario, sino en un sitio que existe en la realidad, como esos espacios geográficos misteriosos donde los aviones se pierden y los barcos naufragan.

Cuando Kuitca regresa a ellas, como a muchos de sus temas, es porque aún no ha dicho todo lo que tenía que decir. Pero no es «el espíritu de la escalera» (como llaman los franceses al acto de pensar una respuesta ingeniosa con *delay*) el que lo hace volver, vuelve, creo yo, porque su mente exhaustiva lo lleva a investigar todas las posibilidades del instrumento que le ha tocado en suerte: lo afina, lo profundiza, lo investiga, sabiendo, como predicaba Voltaire, que nadie ha encontrado ni encontrará jamás.

«Y un día me levanté cubistoide», declaró Kuitca. Así aparecen las pinturas facetadas que el artista dice haber pintado mientras caminaba de un lado a otro de su taller, lo que me recuerda cuando Kierkegaard, en su carta a Jette, escribe: «De modo que si caminas sin parar, todo saldrá bien». O como diría el detective Maiolino: «*Solvitur ambulando*», se resuelve andando. Los ensayos eruditos vinculan estas pinturas facetadas a la historia del cubismo, pero a mí me llevan mucho más atrás, a los comienzos. A veces creo ver en ellas un eco de las pinturas rupestres en la Cueva de las Manos en Santa Cruz, ese lugar donde, hace nueve mil años, en esta región del mundo, empezó todo. Las manos en negativo pintadas sobre los aleros de las rocas cerca del cañadón del Río Pinturas me producen el mismo efecto de inmersión que los murales facetados de Kuitca. Solo que en Kuitca las manos ya no están, ni siquiera por metonimia, y esa desestabilización del espacio, esos huecos que parecen llenos, son la *terra infirma* por la que nos movemos a diario. Algún día los murales facetados deberían decorar el interior de una iglesia. Yo iría a una iglesia así, la sentiría en sintonía con mi espíritu.

Nunca le pregunté al artista por qué quería recuperar esa pintura. Barajé dos opciones: o bien el tiempo había modificado su valoración y aquello que alguna vez había creído de poco interés de golpe se le aparecía como la llave hacia algún territorio misterioso, o bien el horror de la pintura lo acechaba en sueños y él quería asegurarse de hacerla desaparecer. Hay que tener cuidado con lo que uno pone a circular en el mundo.

Lo podría haber hecho el propio pintor, aunque quizás, por pudor, prefirió que lo hiciera un tercero. Me comuniqué con su exgalerista holandesa, me comentó que muchos años atrás, al necesitar más espacio, le había vendido el depósito de pinturas a un amigo. Si una obra de Kuitca se había ido en ese rejunte, ella no lo sabía. Ya no se dedicaba al mercado de arte, ahora estaba en el negocio de las camelias, claro que daban más trabajo que los artistas, pero más satisfacciones también. «Dejame buscar en mi libreta, sí, acá lo tengo.» Me dio un nombre, pero me hizo jurar que no lo divulgaría.

Un mes después, a finales de la primavera de 2016, volé a Uruguay. Iba a Piriápolis a conocer a mi cliente, el mítico *collector* que tras haber cumplido una sentencia en Alemania por malversación de fondos vivía ahora tranquilo en ese balneario perdido. Yo no lo conocía personalmente y había oído decir que era un hombre extraño. Habíamos intercambiado emails durante las últimas semanas, pero como siempre he considerado que el pago por un trabajo es bueno o malo dependiendo del tiempo que uno invierta en él, decidí hacerle una visita y terminar rápido con todo.

Una amiga a la que le había dado por tener un amante por la zona me había dicho que Piriápolis estaba lleno de bohemios y artistas. «Una extraña fuerza metafísica los reúne ahí. Si querés le pido a alguno que te busque en su camioneta.» Eso, si yo podía soportar el largo lamento por el papel del artista en el mercado de arte moderno, la canallada de los curadores, la transa de los museos, el tongo de las becas. No, no, lo último que me faltaba, un artista resentido. Preferí tomarme el colectivo desde Montevideo.

El ómnibus de la Compañía Oriental de Transporte salió del barrio de Pocitos y encaró hacia el este, pasó una zona residencial, luego otra más humilde y llegó a los pueblitos costeros; durante una hora los bosques y los médanos se sucedieron uno igual a otro, parecíamos no avanzar, y, como estaba nublado, la resolana me adormecía.

Cuando me desperté había una anciana sentada junto a mí. Recordé al doctor De Selby en un libro de Flann O'Brien que decía: «Un viaje es una alucinación» porque podría haber jurado que al salir de la terminal el asiento a mi lado iba vacío. Me pregunté cuánto tiempo habría estado ella ahí mirándome antes de que yo despertara. Me llevé la mano a la cartera para asegurarme de que todo estuviera en su lugar.

–Vamos hacia un campo energético, ¿siente el tirón? –me dijo de golpe con un acento extraño. Era fea y tenía una hojita enganchada en la oreja, como una albahaca cuyo verde oscuro resaltaba sobre su pelo mal teñido. Qué cosa extraña que el aspecto exterior de una persona dicte durante toda la vida el juicio que nos hacemos de ella.

¿Campo energético? Yo era un cerebro criado a la luz de la razón que huía de esa jerga *new age*, pero en este viaje estaba decidida a no desestimar ninguna ayuda, fuera de quien fuera y por alocada que me pareciera. Hice un esfuerzo por escuchar y ella siguió:

–Líneas Ley se llaman, campos magnéticos subterráneos. Los hay positivos y los hay negativos. El Triángulo del Dragón, el vórtice de Marysburgh, ¿le suenan?

–Ay, disculpe, soy floja en geografía.

–Francisco Piria, el fundador de Piriápolis, decía que las líneas que atraviesan esta zona forman un triángulo de protección: todo lo que está dentro del triángulo de Piria se salvará.

–¿Se salvará de qué?

Sonrió y me mostró su dentadura con sarro.

–¿Quiere un caramelo de anís?

Acepté para no ser descortés, pero, como suponía, resultó asqueroso. Lo tragué con esfuerzo.

Y ella, como si ya hubiera entregado el mensaje,

sacó sus agujas y empezó a tejer. Tejía rapidísimo en punto arroz doble; tejía a la manera continental, lo que me llevó a pensar que quizás fuera alemana. Pero no tenía ganas de volver a entablar conversación, me daba miedo que virara hacia los signos zodiacales. Miré por la ventana, ¿cómo sería la pintura que iba a buscar?, ¿a qué etapa de la producción artística de Kuitca pertenecería?, ¿qué habría visto en ella de tan terrible el pintor?, ¿no habría sido la obra una de esas con voluntad de futuro? En resumen, me di cuenta de que no sabía nada.

Recién cuando el ómnibus se detuvo en la terminal de Piriápolis, volví a mirar a mi acompañante; seguía ahí muy pancha y la bufanda había avanzado como cincuenta hileras.

—Buena suerte —le dije mientras bajaba mi bolso del compartimento de arriba.

—Dentro del triángulo no la necesitaremos, el asunto es afuera —respondió, y siguió tejiendo aunque era la última parada.

Era pasada la hora del almuerzo cuando llegué al Argentino Hotel, un inmenso edificio neoclásico que miraba al agua, agua que a esa altura aún era río: faltaban treinta kilómetros para la desembocadura.

El hombre que me esperaba en la galería sentado en una silla de mimbre era delgado y alto, de unos sesenta años, con una cara dura, un poco turca, ojos verdes y pelo ceniciento, ¿quién me defenderá de tu belleza? pensé, como Stendhal, al verlo. Me saludó como si me conociera de siempre, su voz era grave, levemente ahogada. Le hizo señas a un joven y este dejó de barrer la terraza y corrió a buscar mi valija. El hombre me invitó a pasar, pero antes de entrar me señaló los leones alados que custodiaban la entrada; en el momento se me escapó el porqué, después supe que esos animales eran un símbolo ubicuo en la alquimia.

Subimos por una escalera de mármol que comenzaba amplia y se iba angostando según ascendíamos. El pasillo del cuarto piso era húmedo y donde miraras la pintura de las paredes estaba descascarada, todo se venía abajo, pero, al entrar a su habitación, una profusión de helechos en macetas de distintos tamaños tapizaba el lugar y le daba un aire extraño, a dormitorio victoriano, a vitalidad prestada.

Saqué un queso brie que le había traído de regalo. Me indicó que me sentara en la única silla que tenía, él se tiró en la cama y corrió con la mano la punta de un helecho que se le metía en el ojo. Sentí que estaba en una pintura de Rousseau: una selva adentro de un cuarto.

—Así que viene a buscar la pintura —me dijo.

—Considéreme el correo del zar, ni siquiera sé cómo es lo que debo buscar.

—¿Se da cuenta de que podría darle otra?

—Imagino que podría, pero no lo creo capaz. Además, supongo que el autor la reconocería.

—¿Eso cree?

—Sí.

—De todas maneras, no puedo dársela.

—Pero usted dijo que si venía..., que podríamos negociar.

—Yo no dije eso, usted lo infirió. Además, ¿no es la

sombra de la cosa más linda que la cosa en sí? —Sonrió, tenía la sonrisa ligeramente dura de los sobrevivientes. Cambié de tema, no me pareció prudente insistir. Todavía no. Tenía medio día por delante y debía manejar los tiempos con cautela. El tipo, como la mayoría de nosotros, era una mezcla de cosas. Una mitad me caía bien, era dura y filosa, pero después tenía una parte hippie que me irritaba. Las mitades se peleaban por salir y a veces salían las dos juntas y una no sabía a quién contestarle. Se rumoreaba que era descendiente por parte materna de Lord Duveen, que alguna vez había sido *runner* para *marchands* ingleses, esos efebos continentales enviados a recorrer Europa en busca de nobles en decadencia con necesidad urgente de solvencia. En algún momento comenzó a inmiscuirse en asuntos financieros y terminó en la cárcel. Al salir, buscó un país remoto del que solo había leído con admiración en los libros de naufragios de Antonio D. Lussich y donde sabía que se podían desgravar impuestos.

Esa tarde me llevó a recorrer el hotel, 200 habitaciones vacías, salvo las nuestras que estaban en el cuarto piso. Desde la muerte de Francisco Piria el hotel había comenzado a decaer en manos de administradores estatales, y después, durante la dictadura, se había convertido en poco más que un conventillo: la gente picaba cebolla sobre los tocadores de cedro y cocinaba milanesas en los baños, la grasa sobre los azulejos parecía corroborarlo. Mientras me hablaba íbamos entrando y saliendo de las habitaciones, el hombre caminaba con una elasticidad

91

inusualmente buena para su edad. Noté que usaba seguido «nosotros», aunque nunca me quedó claro quiénes eran los otros. La palabra me puso en guardia, tengo una tendencia a desconfiar de los grupos cerrados, por más *happy few* que sean.

Me mostró los muebles donde alguna vez habían guardado la vajilla alemana, las hieleras y soperas de plata, la cristalería de Bohemia, las alfombras de Esmirna; me habló de un tiempo en el que máquinas fantásticas pelaban papas, lavaban piezas de porcelana por hora y hacían helados en forma de animalitos. Pero al entrar al comedor, el tono de su voz cambió. Sacó de su bolsillo unas varillas de cobre y me susurró: «Por acá pasa una línea». Entonces ocurrió algo extraño, porque mientras el hombre recorría el lugar las varillas empezaron a abrirse y cerrarse frenéticamente. Me sentí rara, llena de estática, pero no había nada en el paisaje de ese lugar que pudiera explicar lo que me estaba sucediendo.

Mi habitación no tenía plantas, apenas una cama pequeña, un ropero y unas cortinas apolilladas que cubrían la vista al mar. Mientras me cambiaba repasé el intercambio de emails que habíamos tenido previo al viaje. No divulgaré el contenido, pero a mi favor diré que la prosa poética tiende a la confusión, ¡qué peligro adjetivar de más!, ¡qué ambigua una coma mal puesta!

¿Era posible que la escritura alambicada de ese hombre me hubiera confundido y que en mi infinito atolondramiento hubiera dado por hecho que el tipo tenía la pintura?

Salí a caminar por la rambla para despejar mi malhumor. El aire era limpio, claro, abundante, su presencia se hacía notar por todas partes, pero la playa estaba abandonada y la acumulación de algas negras sobre la arena le daba un aspecto sucio. Al llegar al muelle vi una columna trunca con una esfera que mostraba un mundo geográficamente desconocido: así quedarían perfilados los continentes después de los desastres naturales, leí en la placa. Todo emanaba una energía un poco triste y melodramática.

Alguien había doblado las servilletas blancas sobre los platos en forma de conejito cuando nos encontramos en la galería a cenar. Era mi oportunidad de volver a mencionar el asunto, pero era casi imposible hacerlo entrar en la conversación. Cada vez que salía, el tipo difería el tema alevosamente, actuaba como si yo fuera una amiga que había viajado solo para hablar de bueyes perdidos, y, como era tremendamente atractivo, yo me dejaba llevar y cada dos por tres me olvidaba de por qué estaba ahí. El sonido del agua nos envolvía como en un cine.

Sacó un brandy Rémy Martin XO que venía en una botellita roja y redonda como un rubí, y mientras me servía y yo le hacía el gesto patético que suelo hacer en esas ocasiones, el «solo beberé un poquito» con el dedo pulgar y el índice ilustrando la medida de mi deseo, me explicó su teoría. Tal como yo la entendí, la cosa iba así. De joven el hombre había creído que coleccionar objetos de arte era la única relación profunda que se podía establecer con el mundo, en ese tiempo había conocido la calma ansiolítica de la posesión, pero una noche, meses después de haber llegado a Piriápolis, tuvo lo que él llamó «una lenta epifanía». No fue una caída en el camino a Damasco, se lo adjudicaba más bien a la gradual influencia del lugar, al Triángulo de Piria obrando benéficamente sobre su espíritu. Desde entonces, la persona que tenía frente a mí había ido desprendiéndose de sus obras una por una, empujado por la idea de que amarrocar significaba bloquear el camino energético de la creación artística. Cuando Hermes inventó el primer instrumento musical, la lira, se la dio a su hermano Apolo, y acto seguido recibió la inspiración para crear otro instrumento. Los objetos debían circular porque de lo contrario existía el peligro de la petrificación. Inferí por su teoría, aunque nunca lo verbalizó exactamente dado que su técnica era el circunloquio, que la suerte estaba echada: la pintura no podía regresar a su creador.

—Vagabundear es una forma de librarse de los objetos..., así que, acá me ve —murmuró, y yo miré pero la oscuridad era tan densa que solo alcancé a ver el óvalo pálido de su rostro y sus alpargatas blancas.

Cuando me di cuenta de que hablaba en serio, de que no solo ya no tenía la pintura sino que tampoco me iba a ayudar a encontrarla porque eso supondría ir en contra de su nueva fe, me entregué al despropósito de mi viaje, a la naturaleza absurda de la realidad, y me tomé dos *shots* de brandy.

No sé cómo subimos hasta el cuarto piso. Mi habitación estaba pegada a la suya. Desde la puerta me recordó que a las once de la noche el hotel apagaba el equipo electrógeno.

—Qué lástima que no se quede más tiempo —susurró—, no llegó a ver la Trilogía de las Fuentes que está en los cerros.

Sus ojos verdes se encendieron con un fulgor frío, seductor. Por un instante creí estar dispuesta a seguirlo hasta el fin del mundo.

—¿Entonces no habrá canje de rehenes? —preguntó lo que quedaba de mí.

—Lo siento —dijo, y enmudeció con ese don natural que tenían los habitantes de Piriápolis para las pausas dramáticas.*

* Podría inventar otro final, uno en el que la protagonista encontrara la pintura en un doble fondo del ropero de su habitación y, al salir corriendo a medianoche por los pasillos oscuros del hotel, cayera por la escalera y se matara, pero no creo que valga la pena el esfuerzo. Así sucedió y así pienso dejarlo. Retrospectivamente me pregunto por qué no me quedé unos días más, por qué me privé de algo tan enriquecedor y novelesco. Todavía hoy cuando me acuerdo de aquel lugar siento un leve tirón, como si alguien a la distancia estuviera enrollando el carrete de su caña de pescar.

BODHI WIND

Quizás la menos manejable de las consecuencias de una buena fortuna en el mundo editorial sea la percepción que tiene la gente sobre tu agenda de contactos. ¡Qué nivel de distorsión! Las personas se te acercan, te piden que leas sus textos, que les hagas una devolución, que les firmes cartas de apoyo, que oficies de intermediaria para su publicación. Cosas de lo más extrañas, pero ninguna como lo que me pasó hace unos meses. Para dar contexto necesito irme hacia atrás.

Hace muchos años yo trabajaba como crítica de arte en un suplemento dominical. Una mañana, rastreando una vieja nota mía en internet (forma por lo general más rápida que buscar en mis archivos diseminados por computadoras viejas que ya no encienden), encontré una reseña firmada por María Gainza. El texto era una crónica sobre una muestra en Bariloche, una ciudad en el sur de Argentina, a miles de kilómetros de donde vivo. Lo enigmático del asunto es que yo no conocía el sur y jamás había visto esas pinturas. Pero acá estaba la reseña no solo firmada con mi nombre, sino, y esta era la parte más sabrosa, escri-

ta en una prosa llamativamente similar a la mía, con esa artillería de símiles minando el texto («la pintura chorrea como lava ardiente»), un tic que yo tenía por entonces y que aún hoy se me cuela, aunque intente mantenerlo a raya.

He visto decenas de imitadores en la televisión, es un talento que siempre me ha interesado. Los he estudiado bien y sé que por más eficientes que sean, en momentos de cansancio o distracción, a veces incluso como un alarde virtuoso, dejan por un instante aflorar su personalidad detrás de la máscara. Sin embargo, lo que yo leía en esa crónica en internet no tenía fisuras y por lo tanto no era una imitación y no podía considerarlo un elogio. Aunque tampoco estoy segura de que una imitación sea una forma sincera de halago, me parece que es otra cosa, y alguna vez escribí un libro sobre la falsificación para intentar entender el asunto, pero eso es harina de otro costal. Volvamos a la crítica del sur.

Recuerdo que me hizo mucha gracia encontrar que alguien escribiera de una manera tan similar y que encima nos llamáramos igual, pero en ese momento tenía otras cosas en la cabeza, lo consideré una casualidad alucinante, no se lo comenté a nadie y al poco tiempo me olvidé.

Muchos años después, regresaba de una caminata por el barrio cuando al doblar la esquina vi a un hombre frente a la puerta de mi casa. Llevaba entre los brazos una caja color canela. Calculé que ya había tocado el timbre y que en el ínterin yo podría alcanzarlo, pero el hombre simplemente la dejó frente al portón y se metió en una vieja camioneta de reparto color verde, una Ford oxidada. Cuando arrancó vi que había un perro negro que *daba vueltas en el asiento de atrás como si vigilara la situación.*

Con solo levantarla supe enseguida que no era el envío de detergente que esperaba desde hacía unos días. Sobre la mesa de mi cocina corté con un cuchillo de pan el precinto negro que sujetaba las tapas. El remitente decía: Bariloche y el número de una casilla postal. Adentro había unas diez libretas pequeñas, de esas anilladas con alambre. Estaban usadas. Supuse que contendrían anotaciones aisladas, que es básicamente para lo que yo suelo usar las libretas, pero ni bien empecé a leer, noté que eran bloques, viñetas, escenas breves escritas en una minuciosa caligrafía, y, aunque a veces la narración se dispersaba, el desorden era integral, había continuidad en el relato y, al avanzar en la lectura, una podía seguir la historia de una mujer internada en una clínica en el sur por razones que parecían vinculadas a algún desperfecto neurológico.

No venían acompañadas de instrucciones, ni de manual, ni de nota suicida. Pero si el estilo equivale a un Waze déspota que te ordena qué camino tomar, dónde doblar, cuándo acelerar o frenar, esa mujer y yo compartíamos aplicación. En estos textos volvía a escuchar un tono desesperantemente familiar, mi camisa de fuerza, mi cárcel, mi corset. *Era mi estilo, no había dudas, frases rápidas, un poco básicas, metáforas sencillas, y su tema era el mío: la enfermedad y la pintura.*

¿Qué se suponía que debía hacer yo con todo esto? No sé cómo se unen datos en la cabeza, pero de golpe lo vi clarísimo, una flecha que venía desde el pasado remoto y caía en el presente, justo bajo mis pies. Eso es lo que llamamos intuición, supongo, creer que sabemos algo sin saber por

qué lo sabemos. Muchas veces ese procesamiento acelerado de datos funciona, pero puede equivocarse, la intuición puede fallar con estrépito. Hoy en día poco a poco el hormigueo de la duda empieza a ganar terreno, pero en ese momento yo creí estar frente a una verdad revelada que me decía que las libretas que me habían sido legadas pertenecían a la crítica del sur, que eran los escritos de la otra María Gainza durante un período de internación cuyas fechas no quedaban claras.

DIARIO DE MIS CORTOCIRCUITOS

Un fogonazo inundó la habitación. La enfermera de la noche entró, llevaba una cofia tirante que escondía su pelo y hacía sobresalir su trompa morruda; debajo de su uniforme rosado adiviné sus muslos gruesos pinchudos como troncos de palos borrachos y acto seguido observé que la mujer traía las mangas de la chaqueta arremangadas, como hace la gente cuando está por estrangular a alguien. En ese momento me acordé del gato. Mi perra me lo había dejado sobre el sillón como ofrenda una mañana y yo lo había levantado con aprensión, metido en una bolsa y tirado al contenedor de basura de la calle. Más tarde estaba lavando los platos y, ¡ah, la tonta conexión!, tenía, como la enfermera, las mangas del buzo arremangadas, cuando sonó el timbre. Tomé el aparato y del otro lado de la línea la voz electrificada de la vecina preguntó si por casualidad yo había visto a su gatito. Le dije que no, le dije que no a la vecina, que yo no había visto a su gatito. Este es el de Durero, pero el de mi historia se parecía.

He entrado en criptobiosis como lo hacían los *sea monkeys* de mi infancia, las diminutas artemias salinas que se vendían como mascotas en los ochenta. La criptobiosis permite a algunos organismos deshidratarse cuando las condiciones exteriores se ponen adversas. Expulsar toda el agua de su cuerpo hasta formar una bola dura al límite de lo indestructible y alcanzar así un estado que se parece mucho a la muerte en vida. En estado de criptobiosis una podría pasarse años sometida a fríos extremos, hirviendo en alcohol, bajo radiación ultravioleta, en el vacío sin oxígeno, y solo cuando el exterior se volviera amable despertar.

Estoy en algún lugar entre el océano Atlántico y el Pacífico y recurro a mí misma. Soy mi salvavidas más confiable. Reina una blancura total a mi alrededor. Tengo el respaldo de la cama levantado y un cable metido en la nariz, lo he tragado como Tu Sam, el hipnotizador, se tragaba la ristra de bombitas de luz. Ahora no duele pero raspa a la altura de la faringe. La mayor parte del tiempo me quedo con la boca abierta contemplando las musarañas de mi pensamiento.

Un dormitorio común: cama, un sillón tapizado en plástico gris, un reloj de pared delante de mis ojos, tomacorrientes detrás de mi cabeza, un crucifijo y una ventana antinaturalmente alta, olor a éter. Electrodos pegados con cinta aislante por todo mi cuerpo.

La ley es clara: no se puede ingresar ningún artefacto electrónico a la habitación porque podría interferir con los monitores. Fuera de eso no me quejo, nada de raciones de guerra, en este lugar me dan libretas en cantidades industriales, son regalos que mandan los laboratorios farmacéuticos. Su formato me obliga a escribir en breves párrafos de información compacta. Como mis músculos faciales apenas responden, aprovecharé el papel, dejaré mis impresiones inconexas, o lo usaré para pedidos vitales como: «Enfermera, ¿podría callar ese maldito aparato?».

Antes de llegar acá, la natuterapeuta me había diagnosticado: «Una correntada entre los chakras». Pero ni bien llegué, los médicos sentenciaron: «Un problema de conexiones». Después le pusieron un mote más preciso, un título para el enigmático libro que todos creemos ser. Me enteré así de que mi nombre y lo que ellos llamaban la enfermedad compartían iniciales. «Raros son los hombres cuyo destino no está escrito en sus nombres y prescripto en sus apellidos», dijo Savino, y nunca hay que perder la oportunidad de citar a otro si lo dice mejor que uno. Dicen que Ginevra de Benci padecía mi enfermedad.

A veces me hartan las visitas, pero las trato bien porque son necesarias. Es tan fácil perder contacto con la vida en este lugar. Un par de días acá y el mundo de los sanos se borronea. Una semana adentro y se pierde interés por todo lo que no sean los valores en sangre y las pruebas de deglución.

El neurólogo me sugiere que no hable, de todos modos; no podría, la lengua apenas me responde.

–Su cuerpo necesita descansar –dice–. Hay que resetear la máquina.

Todo en él es blanco: el delantal, el pelo, la piel, de una palidez fosforescente. Lleva un estetoscopio enroscado al cuello como un collar de serpientes negras. Parece un chamán, un intermediario entre los hombres comunes y el cielo.

Menciona el tratamiento al que me someterá. Después se acerca a mi oído y murmura:

—En cierta ocasión el mar de la fe se encontró en su plenitud. —Se detiene, y yo quiero continuar el verso porque lo conozco, pero no puedo mover la lengua.

El hombre recitó «Dover Beach».
—Tranquila, no te hace bien la exaltación.
Antes de ser médico, había querido ser cura, me dijo.

Siempre había fantaseado con un médico al que le gustaran las novelas, pero la poesía, qué salto mortal. Lo he prejuzgado, confío demasiado en el escáner de alta gama detrás de mis pupilas; la mayor parte de las veces acierto, pero cada tanto, para mi propia satisfacción, yerro, por ejemplo ahora: el neurólogo ya no es solo una mente criada a la luz del Día y la Razón almacenando porcentajes y estructuras químicas, dios, acabo de descubrir que es una persona interesada en todas las dimensiones del ser humano.

Desde que ingresé no escribí nada, nada literario, digamos. Mi intento de escritura quedó en casa, porque para acometer algo de envergadura se necesita una dosis de energía que no poseo. Me paso el día en línea horizontal. Un oxímetro mordisquea mi dedo índice, una faja que mide la presión arterial aprieta mi brazo izquierdo y esconde un hematoma en etapa rosácea. Parezco Medusa con los electrodos pegados en la cabeza.

–¿Cuáles son sus personajes literarios favoritos? –me preguntó el neurólogo esta mañana.
Escribí:
«El Wilfred Owen de sus cartas, el Marco Aurelio de sus cartas, la Dawn Powell de sus cartas».

Es raro cómo pasa el tiempo acá adentro. Las horas son idénticas, sabe un poco a eternidad. Todo se mueve y no se mueve nada.

El día es cálido y transparente. El Sur prodiga este tiempo. Muy cerca hay unas canchas de tenis de polvo de ladrillo y más atrás un terreno descampado con una manga de viento roja. Me han dicho que ahí aterrizan los helicópteros para casos de urgencia. Todo esto lo he visto hoy cuando me desenchufaron para cambiarme las sábanas y me puse en puntas de pie para alcanzar la ventana.

La de la mañana, la del mediodía, la de la tarde, la enfermera nunca es la misma. Es vertiginoso a la velocidad que cambian. No bien establezco cierta complicidad con una, viene otra.

Con la única que he entablado una relación profunda es con la de la noche, que parece entrar con cierta regularidad, es la grandota de las mangas arremangadas que me recuerda a un dibujo de Robert Crumb. A ella le gusta el correo que se ha establecido entre nosotras, el tráfico de papelitos. Es amable, el tipo de mujer que no te diría que estás grave a no ser que estés a metros de la tumba. En un papelito le pregunto (nunca la tuteo): «¿Usted diría que estoy mejor?».

Escribe, podría hablar, pero por alguna razón todos acá parecen propensos a las letras:

«Observe las sensaciones del cuerpo sin juzgar. Su recuperación será rápida, dentro de los parámetros».

Toda la noche suenan las alarmas, parecen grillos en celo llamándose de una habitación a otra. Me recuerdan un poema de Katherine Mansfield. Ella está internada en el hospital y escucha la tos de su vecino en el otro cuarto: ella tose, él tose, escribe: «dos gallos llamándonos en un falso amanecer». Se tapó la sonda, se terminó el suero, se desestabilizó el electro. La enfermera entra a la habitación, le pega un cachetazo al aparato y todo se calla.

—¿Cómo anda mi paciente favorita?

«Me aburro mortalmente, doctor», escribo.

—Le propongo un juego. Se llama El Juego de las Atribuciones. ¿Quién dijo: «No te muevas, deja que hable el viento»?

No lo sé, pero mantiene mi cabeza ocupada un par de horas.

Por la noche cierro los ojos, pero no duermo. Mis ojos se van hacia adentro y el oído toma control. Afuera los enfermeros conspiran. Desapareció una caja de barbijos y los del turno de noche acusan a los del turno de mañana. Oigo el quejido mecánico, débil pero monótono, de un generador. Después de eso la habitación se llena de luz. Miro el reloj, ya son las seis. Mi vaso de agua está intacto, mis electrodos en sus lugares.

—Pound es la respuesta —dice el neurólogo al entrar por la mañana. Y agrega—: Se necesita talento para estar acá y usted lo tiene. Les pediré a los del Laboratorio del Sueño y la Vigilia que le peguen una visita.

Mi neurólogo tiene la piel blanca pero también gruesa, el resultado inevitable de haberse pasado la vida lidiando con enfermos. Creo que el médico debería atravesar la enfermedad que trata. Debería soportarla durante un cuatrimestre, un semestre, no más, porque tampoco querría yo un médico enfermo crónico: un tipo así no tendría la fuerza necesaria, la soberbia que requiere la profesión.

—¿Ya vinieron los del Sueño y la Vigilia? —me preguntó esta tarde.

Negué con la cabeza.

—¿Está segura?

—Creo que lo recordaría, doctor.

—Como dice Huanchu Daoren en su *Discurso sobre las raíces de los vegetales*: «Paciencia, austeridad y calma».

La noche otra vez, siempre la noche. Escucho las conversaciones en el pasillo, siento como si estuviera ahí, ¿o estoy ahí? Sigue el runrún por el asunto de los barbijos. Otra caja de barbijos que desaparece. Si no encuentran al responsable, la cosa puede ponerse pesada. Especulo con posibles ladrones. En la oscuridad una cree tener ideas muy brillantes, pero cuando llega el día no se sostienen.

El del Laboratorio del Sueño y la Vigilia se asomó por la puerta.

—¿Hace cuánto la tienen acá? —me preguntó, aunque bien podría haber mirado los papeles de ingreso que llevaba en la mano.

—Demasiado —le escribí—. ¿Puede sacarme?

—Veremos.

Es un rubio locuaz y como en muchos rubios, su edad es difícil de calcular. Las mangas del ambo le cuelgan sobre las muñecas y tiene el dobladillo de los pantalones deshilachado. Una atractiva mezcla de dejadez y encanto y ¡esos ojos de terciopelo! Cuando entró en confianza y se largó a hablar, sus palabras eran música para mis oídos, me dieron ganas de arrojarle unas monedas, su jerga cargada de expresiones como *lung gom*, desdoblamiento astral, sueño lúcido. Llevaba un dije colgando, una piedra lunar a la altura del timo, una selenita que parece un hielo que no se derrite.

Al salir lo vi conversar con la enfermera y al rato

ella entró para pasarme una nueva medicación. La vía estaba tapada así que tuvo que pincharme otra vez.

–Abra y cierre el puño, no respire.

(mismo día, más tarde)

Al mediodía entró el cerrajero y le echó llave a la ventana de la habitación.

Dijo que era para controlar el polvo, pero sospecho que es por otra cosa.

A la hora de la siesta un bienteveo canta:

Bienteveo Bienteveo
o
Bichofeo Bichofeo

Intuyo que está parado en una rama del árbol que está justo debajo de mi habitación.

Las visitas vinieron las primeras semanas y después empezaron a menguar, era de esperar, la gente se cansa, se aburre, se acostumbra. Me siento la dama Sei Shōnagon: ¿quién querría visitar / esta mi cabaña de paja? Pero necesito algo que triturar con la mente. En especial añoro el chisme, porque, como dicen los chismosos, es el estudio del carácter humano. Me estudio a mí misma. Soy una mezcla de arrogancia exterior e indiferencia interior.

(mismo día, más tarde)

Me han desconectado para cambiar las sábanas. *Tuc tuc tuc*, observo desde la ventana, subida a un banquito que descubrí debajo de la cama. Dos hombres juegan al tenis en una cancha iluminada. Dan golpes mecánicos, agradables al oído, *tuc, tuc, tuc*. Jóvenes de piernas largas, vestidos con pantaloncitos blancos recién planchados, corren en zapatillas ultralivianas, toman impulso para llegar a la luna y devolver de un golpe la pelota amarilla. Detrás veo las hojas anaranjadas de los arces iluminadas por los reflectores. Vuelvo a la cama, empieza la danza de los electrodos.

(mismo día, de noche)

Me dedicaba a un deporte de loba solitaria. A los ocho años jugaba durante horas al tenis contra la pared del garaje de mi casa, con una raqueta de madera siempre destensada y tres pelotas amarillas de pique plúmbeo que estaban gastadas y húmedas pero que yo imaginaba nuevas y afelpadas y cada noche envolvía en papel traslúcido y guardaba en su tubo como una fruta exótica que debía preservar de la oxidación. Eran partidos amistosos, jugados contra mí misma, a veces con un tenis flojo, de golpe largo y flemático, y otras con arrebatos de enojo. Una al lado de la otra, a lo largo de un fleje trazado con tiza blanca sobre el cemento gris, una decena de muñecas de rostro insobornable pero piernas indecentemente abiertas fiscalizaban el partido. Entre golpe y golpe, les contaba a ellas los episodios de mi vida, que era corta pero yo creía larguísima. Fatales, oscuras historias de amor y muerte, que insuflaban las velas de mi desabrida niñez.

Empiezo a perder cuenta de los días. Anoto: Día 16. Simplemente lo anoto como un preso dibuja palitos sobre el muro de su prisión, para agarrarme de algo, para sostenerme a flote.

Afuera un doctor discute por teléfono con Admisión. Discuten sobre si aceptar en terapia intensiva a un preso-narco. Me quedo dormida antes de que lleguen a una decisión. Por supuesto, no me opondría a su ingreso, la sola idea de saber que anda cerca le daría un poco de sal y pimienta a este encierro.

Ya no sé qué día es.

«¿Cómo funciona la mente?», le pregunto al Rubio del laboratorio.

Dibuja sobre el vidrio empañado de mi ventana unos arabescos. Recién entonces caigo en la cuenta de que está lloviendo.

—Este sería el jardín floral de la materia gris –dice– y estas las células, las mariposas misteriosas del alma cuyo batir de alas podrían algún día, quién sabe, clarificar el secreto de la vida mental.

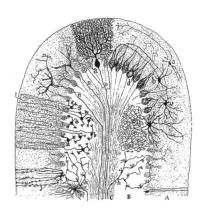

Al Rubio le interesan las neuronas piramidales que hunden sus raíces y producen flores y frutos exquisitos. La grandeza gótica de la anatomía neuronal: el laberinto del oído interno, la memoria en espiral de los circuitos del hipocampo, la majestuosidad de las células del cerebelo, la sofisticación en capas de la retina. Pero es también un alternativo con una chifladura refrescante. Se ha moldeado a imagen y semejanza de unos científicos de Berkeley el Grupo de la Física Fundamental, un grupo que en 1975 trasladó el Poder de las Flores al laboratorio. En sus reuniones se repartían cuarzos y cristales de amatista, se probaba LSD y se intentaba doblar cucharas con la mente. Da gusto oírlo hablar, combina cosas que pensé que no se juntaban, hace que el mundo se sienta menos esquizofrénico. Pero no me engaña, sé que en su laboratorio se cocina un guiso más espeso.

Le escribo al Rubio:
«No doy más».

Me agarra la mano, siento su almohadilla afelpada:

—En estado cuántico un objeto puede ser teletransportado sin que el objeto se mueva de su posición original. La máquina de teletransportación es cuestión de dinero, no de física.

Mucho no entendí, pero no siempre es necesario entender todo: con intuir cierta idea general del asunto basta. Además, las ciencias exactas nunca fueron mi fuerte. Cuando terminé el colegio y me vi en la encrucijada de elegir carrera pensé: ¿cuál de todas es la menos exacta? Historia del Arte, me contesté.

El pasillo está alborotado esta noche: otra caja de barbijos desapareció. Al mediodía llegaron las cámaras y un directivo del lugar tuvo que salir a enfrentar a la prensa. Temen que se haya organizado un mercado negro en torno de la comercialización de productos biomédicos.

Esta mañana pedí las llaves de la ventana. En lugar del cerrajero vino el rubio. Me atajó cuando ya estaba por sacarme la sonda, desconectar el aparataje, romper mis cadenas. Me dijo:

—Estoy poniendo en riesgo mi trabajo pero la ocasión lo amerita.

Metió la mano en el bolsillo de su pantalón gastado y sacó un aparatito.

Entendí la urgencia del gesto, lo escondí debajo de la almohada.

—Haga buen uso de sus prebendas.

Cuando me quedé sola exploré mi mascota de nombre oriental. Es rectangular y plateado, mide unos diez centímetros, tiene una pantalla cuadrada, un teclado que es tan pequeño que creo que solo con un escarbadientes podría llegar a manipular y una antena negra que sobresale de su lado derecho como un cuernito de caracol. Cuando lo prendí la pantalla se iluminó. Al principio me quedé encandilada como frente a las instrucciones de un lavarropas nuevo, pero lentamente lo fui desencriptando. *Alea jacta est.* Utilizaré el aparatito durante la siesta.

Me coloqué en posición de despegue, brazos cruzados sobre el pecho, respaldo de la cama recto, vallas metálicas levantadas a ambos lados para evitar desplazamientos indeseados. Ingresé las coordenadas del viaje, cerré los ojos y, por las dudas, también me persigné.

14.33 h.
PRIMERA TELETRANSPORTACIÓN (1 TT)
Latitud: HZCHUD37YUDH
Longitud: AHDOT3348e.
Ubicación geográfica: Los Ángeles, USA.

114

Aterricé en una sala envuelta en neblina como la que tiran las máquinas de humo en las fiestas de quince. Pero no llegué a escanear la habitación cuando ya estaba de vuelta en mi cama. Lo cuento mal porque fue confuso. ¿O será que como Maupassant empiezo a ver insectos que lanzan a gran distancia chorros de morfina?

No puedo seguir dando coordenadas para no poner en peligro la misión; hoy bajé en las afueras de una ciudad norteamericana de la costa Oeste. Hay casitas prefabricadas pintadas de azul y triciclos abandonados, una familia de ciervos blancos de cerámica en lo que parece ser un jardín delantero, pilastras sosteniendo bañaderas para pájaros, bolas rojas y verdes de una Navidad pasada colgando de una ventana, pero a pesar de la fiesta visual, no hay forma de esquivarla, se nota la sequía por todas partes. Amplios círculos de tierra desnuda alrededor de las palmeras de aspecto seco. Debajo de cada casa, arena: las canchas de golf, las hamburgueserías, el cultivo intensivo de paltas y almendras ha utilizado toda el agua. La gente mira con mala cara a quien tiene su pasto demasiado verde, señal de que ha prendido los regadores más tiempo de los diez minutos reglamentados por el Estado.

Caminé hasta una estación de ómnibus con las paredes pintadas con grafitis en letras gordas y fosforescentes que decían: RENACER. Enfrente, un local barato de Woolworth tenía la persiana baja. Averigüé los horarios en la oficina de ventas. Cruzando la calle, había una cabina pública, el teléfono empezó a sonar, un sonido inquietante, pasado de moda, pero no podía ser una llamada para mí dado que nadie sabía que yo estaba ahí.

Metí una moneda de cinco centavos en una caja roja metálica y saqué un ejemplar de *The Austin American Statesman*, lo hojeé parada, había mucho navajazo en la región. Luego estiré el diario sobre el banco de piedra caliente y me senté.

Al rato, un grupo de personas vestidas de naranja comenzó a rodearme, hablaban con vehemencia sobre una Arcadia en la tierra, era evidente que querían arrastrarme con ellos. Yo andaba desorientada y ellos lo ha-

116

bían olfateado porque los perdidos, como los enfermos, somos presas fáciles. Me estaba por unir al grupo cuando apareció el ómnibus. Viajé sola: había un chofer pero era un hombre seco que de habérmelo encontrado de noche me hubiera pegado un susto de muerte. El tipo tenía un sombrero de cowboy negro con una banda trenzada como las que hacen los presos para pasar las horas. Hay algo desértico no solo en California sino también en la mente de la gente que vive en ella.

—¿Por qué viaja en transporte público? —me preguntó el chofer—. ¿Acaso no sabe andar a caballo?

El ómnibus se detuvo en medio de la nada. Caminé a través del desierto, me sentía Charles Bronson en *Érase una vez en el Oeste*, una armónica me hubiera completado.

Esta tarde el cansancio del viaje se hizo sentir. Ahora apenas puedo sonreír, mis músculos faciales están débiles, pero estoy tranquila. Móvil en lo inmóvil, así explico el miniturismo al que me he vuelto adicta. Mis ejercicios espirituales, mi teatro de la mente. La enfermera de la noche es la única que registra el cambio.

«Moderada mejoría», anota.

Arena a la derecha y a la izquierda, adelante y por detrás, y de golpe, a lo lejos, un espejismo: *motorhomes* desenfocadas por el calor, camiones con generadores, grúas y una decena de cables viboreando en el piso, señal inequívoca de un equipo de filmación. Me acerco. Estoy acá de incógnito, pero lo irónico es que no hago ningún esfuerzo por esconderme. El técnico de sonido y el entrenador de perros charlan animados con el director de la película, un hombre que anda sin camisa, con la panza al aire, un pañuelito rojo anudado al cuello y unos pantalones blancos. Decenas de extras pululan por la zona esperando que alguien arme la mesa del catering. A un costado hay una pista de motos y unos hombres disfrazados de cowboys.

A lo lejos, una pileta. Cuando me acerco veo que está vacía, pero su fondo y paredes están pintadas con imágenes de bestias mitológicas.

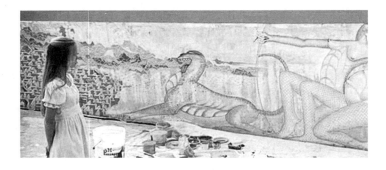

Lo describiré taquigráficamente para no olvidarlo: de color claro, apastelado, oscila entre los celestes y los ocres, las figuras tienen el abdomen escamoso como el cuerpo de un pangolín, piernas azules, colas de mono, ojos rasgados y las comisuras de los labios caídas. La figura masculina tiene un pene como tronco y usa las uñas de estiletes para someter a la figura femenina cuya panza está hinchada y tiene los pezones como chupetes, clara señal de embarazo. Otras dos figuras se pelean entre sí. Solo un perro de la familia de los galgos parece entusiasmado, a punto de eyectarse hacia un laberinto.

—¿Eres parte del *crew*, muñeca? —me dice un barbudo, de su cintura cuelgan rollos de cinta adhesiva como billetes en odalisca. El tipo me pasa una taza blanca y me sirve lo que llama «un refresco eléctrico». No llegué a probarlo porque la conexión se cortó y quedé rebotando por las paredes de la habitación.

La enfermera acaba de irse. Volverá en un rato para tomarme la temperatura. En el preciso instante en que necesito recapitular lo visto, solo vuelve una visión precipitada, en ráfagas, como de calesita. Recién esta noche podré volver al desierto, inmenso frente a mis ojos. Mientras tanto soy pura duda: ¿qué hacían esos dibujos en una pileta?

No veo la hora de estar sola. Quiero volver a ver esas imágenes que ahora no puedo sacar de mi mente. Sé que para que algo se evapore antes tiene que hervir, pero también sé que debo ser cuidadosa con estos poderes que me han sido otorgados. Es fundamental que mis experimentos no lleguen a oídos de las enfermeras del día, las altas autoridades que dirigen este lugar.

La imagen de una pileta
a medianoche en Texas.

Stendhal propone un curso de cincuenta horas: para tener una idea del colorido en el arte, hay que ir a una pileta en distintas ocasiones del día. Ir y mirar y anotar lo que se ve.

Ayer, después de la medicación, volví a perderme. La hemoglobina hace que mis pensamientos se estiren e iluminen. Entré a un hotel en el pueblo de Delano, un pianista tocaba «Moon River». Había baldosas octogonales, palmeras sucias en macetas y ventiladores enormes girando desde el techo.

Búsqueda con turbulencias, nada que merezca la pena consignar.

Me desorienté y pasé los tres días del Festival de Woodstock en un cuarto que debía ser de un motel, con la persiana baja, escuchando las noticias que hablaban de autos atascados en el tráfico por más de quince kilómetros en el estado de Nueva York, aliviada de no estar ahí.

Volví al desierto. Empiezo a tiburonear cerca de mi presa.

Aterrizo nuevamente en la filmación, pero esta vez el equipo se ha mudado a una clínica de fisioterapia. Esta otra locación no debe de estar lejos de la primera, lo intuyo por la aridez del paisaje y porque el director anda con sus mismos pantalones blancos y sigue sin camisa. El centro de fisioterapia es un lugar deprimente, con viejos envueltos en batas, pero ahí, toda espléndida en medio de la decrepitud vaporosa, trabaja Millie Lammoreaux, una chica que ama las flores amarillas, las velas amarillas, las batas amarillas, incluso su auto es «amarillo-mostaza-francesa» porque así lo dicta el último grito de las revistas de moda.

Llega al lugar como nueva asistente Pinky Rose, una jovencita que dice venir de Texas aunque bien podría venir de Marte. Pinky es aniñada, del tipo que hace burbujas con su pajita cuando toma Coca-Cola y de inmediato se encandila con el glamour de Millie Lammoreaux. «Sos la persona más perfecta que conocí», le dice. Las compañeras de trabajo se mudan juntas al Purple Sage, un complejo de departamentos cuyo centro es, otra vez, una pileta, una pileta que tiene más dibujos en el fondo. Esta vez predomina el color azul.

Más seres mitad humanos, mitad reptiles, de la misma especie que los de la pileta anterior. Algunos señalan unas pisadas en la arena, otros extienden sus puños con rabia hacia el cielo nocturno y eyectan sus lenguas. Como si la contemplación de las estrellas fuera la gracia y la maldición del hombre. Una luna en espiral remata en cuatro cabezas de serpiente. Atrás,

121

nubes dracoformes y montañas que se confunden con pirámides.

Me pregunto si soy la única adicta al miniturismo en este lugar. Me cuesta creerlo, pero nadie del plantel médico menciona jamás las pinturas, y sin embargo siento que las imágenes ejercen su influjo sobre todos nosotros. Estoy feliz con el nuevo giro que ha tomado mi situación.

¿Qué hacen estos dibujos adentro de piletas? ¿Piletas en el desierto? ¿Quién las pintó? ¿Y para qué?

Dos o tres teletransportaciones me bastan para averiguar lo central: las pinturas aparecieron por primera vez en la Tierra en 1977 y hoy solo perviven dentro de *Tres mujeres*, la película de Robert Altman que las contiene como un pisapapeles podría contener a una mariposa o un escarabajo.

El creador de los murales se llamaba Bodhi Wind. En realidad su nombre era Charles Kuklis, pero se puso *Bodhi* como el árbol del bodhi, la higuera sagrada bajo la cual Gautama se iluminó, y *wind*, bueno, ya saben, como el viento. En la medicina tibetana la energía del viento es la energía que controla las funciones neurológicas. Por fonética *bodhi* también remite a cuerpo, y una de las acepciones de *wind* es dar cuerda. Darle cuerda al cuerpo, eso es lo que hacen con nosotros en este lugar: Bodhi Wind.

Había nacido en California, circa 1951. Tras egresar de la escuela pública Perry High School, Bodhi Wind trabajó diseñando tapas de álbumes, tapas como la del disco *Elevation* de Pharoah Sanders, donde una serpiente asciende hacia la cúspide de una pirámide calidoscópica. Tuve que preguntar quién era Pharoah Sanders:

—Es el mismo tipo que compuso «El Creador tiene un plan maestro» —me dijo el hombre del catering—. Un tratado de felicidad lírica que ha hecho llorar a ateos hardcore.

Jazz espiritual profundo, qué cosa, la música da lo que ninguna religión organizada o droga recreacional puede darte jamás. «La música tiene su costado peligroso», decía Settembrini en *La montaña mágica*, la biblia de los enfermos, el libro que debería estar en todas las habitaciones de este lugar.

Últimamente he tenido unos cambios de energía poderosos, paso de no poder levantar ni una ceja a estar vivaz como una perdiz. En este momento atravieso mi período perdiz, así que voy a escribir hasta que decaiga nuevamente.

A comienzos de los setenta, Bodhi se perdió por la zona de Albuquerque, viajando por ferias gitanas con una mujer que vendía hierbas y leía el tarot. No era la California que él conocía mejor, la que recibe los vientos suaves del Pacífico, esta era la otra, la California profunda, un lugar árido, duro, desértico, una atmósfera que endurece o termina por erosionar tu piel.

«Volvió cambiado del desierto», dijeron sus amigos.

Tenía veintiséis años, el pelo largo y descolorido por

el sol, el cuerpo bronceado como si se hubiera pasado barniz y unos colmillos puntiagudos que le daban un aire de jaguar.

Por esa época conoció a Cher, quien lo contrató para que le diseñara su vestuario. Una noche de junio, calor sofocante en Los Ángeles, Robert Altman llegó a cenar a lo de la cantante y Bodhi estaba ahí. En algún momento, después de varias margaritas, surgió entre los tres la idea del video de «Half-Breed»: montada a caballo con un tocado de plumas Cher invocaría a sus ancestros cherokee, aunque de india no tenía nada; su padre era armenio, su madre irlandesa.

Unas semanas después, Altman citó a Bodhi en un bar de Highland Park, un barrio al noroeste de Los Ángeles, sobre el arroyo seco, donde habían vivido los indios tongva. Un domo geodésico se alzaba en la vereda frente al bar, una hermosa burbuja transparente inspirada en Buckminster Fuller y sostenida por su idea de un sistema de estructuras en tensión tal como los músculos y los huesos funcionan dentro del cuerpo humano. Esa tarde Bodhi y Altman hablaron del clima. «El hombre estaba obsesionado con el agua», comentó Altman.

El bar quedaba cerca de Poppy Peak, un área de plantas nativas amenazada por los proyectos inmobiliarios, y una cosa llevó a la otra, y la otra desembocó en el botánico inglés Theodore Payne, que a fines del siglo XIX había trabajado en un rancho propiedad de la actriz polaca Helena Modjeska. Bodhi le dijo a Altman: «Hermano, el tipo fue un visionario. El invierno de 1893 llovieron apenas 17 mm en toda la temporada, fue una sequía fatal. Había que llenar el balde en un pozo de agua y llevarlo caminando un kilómetro sin derramar. Un balde por planta. Era un proceso lento, agotador, pero la única forma de mantener las plantas con vida. El primer día, a las tres de la tarde, el pozo de agua estaba vacío. Al segundo día, estaba vacío antes del mediodía, al tercer día, al desayuno, ya no quedaba ni una gota». Theodore Payne llegaría a especializarse en el cultivo de plantas nativas tolerantes a la sequía. Un jardín económico, que necesitara poca agua, escaso fertilizante y nula renovación de tierra.

Cuando el tema medioambiente empezó a languidecer, Altman miró la carpeta de dibujos que Bodhi había llevado. Había algo de la imaginación futurística de Xul Solar en ellos, pero es improbable que Bodhi lo supiera, a no ser que estuviéramos hablando de una migración de las almas.

Altman terminó de mirar la carpeta, y entonces empezó a hablar. Como en trance, contó un sueño que había tenido unos días atrás mientras su esposa estaba internada en un hospital de Malibú por una hemorragia. Una noche, al regresar del hospital, Altman soñó con tres mujeres y, al despertar, encontró las sábanas llenas de arena. El sueño y la arena lo llevaron a pensar en una película en el desierto: unas chicas se encuentran en una comunidad californiana y se produce una transferencia de personalidades. El resto lo fue inventando en el camino.

«Yo creo que reconoció en mis dibujos la misma atmósfera extraña con la que él había soñado», contó Bodhi. La película se filmó en el Valle de Coachella, un valle al oeste de Los Ángeles. El calor durante la filmación era surreal; el cielo tenía ese amarillo que la gente llama «clima de terremoto», el tipo de atmósfera en la que de noche se pueden escuchar las serpientes cascabel rodeando los *motorhomes*. Bodhi decidió pintar al caer el sol porque de día era imposible, el calor te aplastaba, costaba hasta levantar los párpados y la pintura se secaba en el pincel antes de empezar. Durante el día permanecía en el tráiler en semisueños, echado frente a un ventilador de tres aspas; cuando caía el sol descendía a las profundidades de las piletas. Trabajaba con su amigo Geary Holst, y todos decían que parecían gemelos.

La inspiración, dijo Bodhi, le vino de los dibujos de arena de los indios navajo que había visto en sus viajes por la zona de Santa Fe. En esos dibujos el enfermo se coloca en el centro y al cabo de varios días de danzas e invocaciones sus males pasan de su cuerpo a la imagen que luego es destruida. «Para los navajo los dibujos son portales», dijo Bodhi, «ellos creen que las imágenes curan.»

128

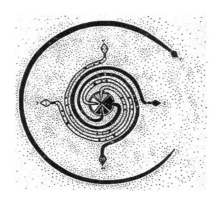

Me dice la nutricionista que afuera está fresco, pero acá está cálido como adentro de una tostadora eléctrica, será por los monitores y la cantidad de aparatos enchufados. La mujer me insiste con la hidratación. Desde que me han sacado la sonda debo ocuparme yo misma de tomar agua a sorbitos.

En una entrevista se le preguntó a un grupo de artistas californianos qué lugares solían frecuentar. Todos nombraron centros culturales, discotecas y bares. Bodhi, en cambio, dijo: «Yo voy al desierto». El paisaje horizontal del desierto, masas de piedra caliza y roca, el hogar natural de las serpientes. Las leyendas sobre ellas pululan y se ramifican. La multiplicidad de posibilidades positivas y negativas se potencian o cancelan unas a otras como en el juego de «piedra papel o tijera».

Bodhi practicaba Kundalini y decía que durante la meditación veía a la serpiente enrollada en la base de la columna. Pero en su mente también convivían la serpiente de los indios norteamericanos, un animal medicinal y protector; la serpiente de Adán y Eva asociada a la tentación; la gigantesca Jörmundgander, la víbora que en la mitología escandinava vive en el mar y del hambre se devora a sí misma; las gorgonas cuyas miradas pueden convertirte en piedra; Quetzalcóatl, la serpiente emplumada de los mayas; y los Naga, la raza serpiente que según el *Mahabharata* vive bajo tierra en hondos palacios. También había leído a escritores romanos como Ovidio, Plinio y Eliano, quienes recogieron la creencia de que la médula espinal del hombre sobrevive en la tumba en forma de serpiente. Por las noches, Bodhi solía contarles a las chicas de vestuario la leyenda urbana del hombre que criaba un viborezno como mascota. Pasan los meses y una noche el tipo se despierta y encuentra a la serpiente estirada a su lado como una amante. «Lo está midiendo», le explica el veterinario, «lo mide para comérselo.»

Cuando el papa Gregorio XIII asumió en 1572, una serpiente gigantesca fue avistada en las afueras de Bologna. La gente se encerró en sus casas con sus animales e hijos, pero el flamante Papa llegaba de la mano de su primo Ulisse Aldrovandi, especialista en animales exóticos. Aldrovandi inspeccionó la piel recientemente mudada de la serpiente que un pastor había encontrado en el campo y la declaró un buen augurio. No había nada que temer, el pueblo respiró aliviado. Como renacentista de pura cepa, Aldrovandi había estudiado leyes, filosofía, lógica, matemática y medicina, pero finalmente decidió profundizar en la historia natural y convirtió su gabinete de curiosidades en el más completo de Europa. Aldrovandi decía escribir solamente sobre cosas que había visto y criticaba a otros por su falta de rigurosidad en la información. Por suerte, no siempre estuvo a la altura de su crítica: un volumen suyo incluye «37 peces, 15 pájaros, 17 bestias de cuatro patas y 32 monstruos humanos». En la vejez escribió debajo de su retrato: «Este no es usted, Aristóteles, sino una imagen de Ulisse Aldrovandi: aunque los rostros no se parecen, el genio sí».

Su *Historia de las serpientes y los dragones,* incluye este dibujo que me recuerda a los de Bodhi.

En el cielo de distintas ciudades del mundo aparecen naves espaciales. Son redondas y finitas como galletitas con relleno de frutilla. De una de ellas descienden los extraterrestres. Tienen aspecto humano, un discurso de paz, y dicen venir a la Tierra en busca de productos químicos; a cambio, prometen compartir sus conocimientos en la cura de enfermedades. Un periodista se infiltra en la nave nodriza y descubre que bajo la fachada humana de los visitantes se esconden lagartos que vienen por el agua. La serie *V. Invasión extraterrestre* traumó a los jóvenes que crecimos en los ochenta.

Existe una leyenda hopi llamada «La jarra mágica». Al comienzo del mundo se le dio a cada clan un recipiente de cerámica para que llevara consigo durante las futuras migraciones en el desierto. La instrucción era que ni bien eligieran un lugar, el jefe del clan debía cavar un agujero en la tierra y colocar la jarra adentro. Con ese gesto se asegurarían que, durante el tiempo que permanecieran en la zona, el agua de las profundidades de la tierra mantendría la jarra llena y no pasarían sed. Como una pileta en miniatura.

Bodhi trabajaba por iluminaciones: «Los dioses me dicen qué hacer y yo bajo y lo hago». Pero toda alma necesita un vehículo para salirse de su cuerpo. Cuando Bodhi soñaba decía ver ascensores que subían eternamente, ascensores de los que colgaban cables negros como serpientes. Era su forma de acceder al cielo, el equivalente a los caballos celestes de crines tan largas que tocaban el piso, que el emperador chino Wu Ti criaba para asegurarse su ascenso a la eternidad.

La revista *Palm Springs Life* dice en 1977: «Cuando el equipo de filmación regresó al pueblo de Westwood, Altman había dejado en el desierto un legado permanente: tres murales impresionantes pintados por el artista Bodhi Wind».

Tres murales, pero en la película solo hay dos. También se habla de un posible coleccionista que se llevó uno a su casa: trasladar un mural requiere cierta complejidad técnica pero no es imposible. ¿Habrá existido efectivamente un tercer mural?, ¿habrían sido los murales pensados como un tríptico? Podría sacar los signos de preguntas y afirmar todo esto: tres murales creados como un ciclo narrativo, la representación de un mito que habla de las piletas como los nuevos templos y del agua como su deidad principal. Las serpientes serían las custodias del santuario. Los murales, entonces, como una advertencia, un augurio, una visión.

Las imágenes de Bodhi Wind solo sobreviven en la película. El Purple Sage, el complejo de departamentos donde vivían Millie y Pinky, ahora se llama Life Journey Center y es una residencia para adictos en recuperación. La pileta todavía existe, pero su fondo ha sido pintado de color arena. La segunda pileta estaba en Dodge City y a su alrededor había un circuito de motos. Ahora no hay nada más que desierto. Si alguna vez hubo un pozo en la tierra, este ha sido tapado.

Bodhi murió poco tiempo después de terminar la filmación, no tenía ni treinta años. Los diarios no se ponen de acuerdo sobre qué sucedió. Unos describen «un accidente de auto en una bocacalle», otros dicen «lo pisaron en una autopista». Unos mencionan «Londres», otros «Los Ángeles». Quizás estuviera en ambos lugares al mismo tiempo. De todas formas, aun si lo supiéramos, no cambiarían mucho las cosas. Lo que tenemos es el misterio de sus murales dentro de una película y un par de dibujos que circulan por ahí. Bodhi Wind ejerce su magnetismo sobre mí como un barco fantasma que navega en el horizonte del inconsciente.

Los períodos de cansancio y fuerza oscilan día a día, hora a hora. Pero la medicación hace su efecto, mis músculos faciales están más fuertes, ya puedo contar hasta treinta e inflar los cachetes, lo que me aseguran es la prueba de fuego. «La hemoglobina es como pasar un bife de chorizo por la sangre», me dice la enfermera de la noche mientras arregla la vía que se ha bloqueado. Estoy decidida a comunicar mis investigaciones al plantel.

He registrado en estas libretas de laboratorios farmacéuticos mis conexiones y cortocircuitos. Ellos explican, en gran parte, el germen de mi obsesión y la metodología que utilicé para mi conferencia, conferencia que di con el propósito de demostrar que ya estaba en condiciones de salir a la calle. No fueron técnicas ortodoxas, eso se sobreentiende, pero la observación, el instrumento de conocimiento universal del científico, guió siempre mis ideas.

134

Es de noche y han venido a mi *Denkraum* para escuchar lo que tengo que decir. Es una reunión clandestina, somos la isla, la comunidad de los enfermos, Böcklin debió haber pintado un cuadro para nosotros. Hay curiosos también, veo asomar sus cabezas desde el dintel de la puerta, están los parientes de la mujer del neumotórax, está Aby, el hombre del rictus extraño, está la chica que trae las viandas. Es un grupo numeroso para el pequeño espacio con el que contamos, pero es justamente eso lo que nos asegura el éxito de la reunión. Me pregunto si el ladrón de barbijos estará entre nosotros, si incluso el preso-narco andará por acá. Tengo el guión entre las manos, pero no lo considero publicable, nació prisionero de mis limitaciones.

Bienvenidos, muchas gracias por acercarse esta noche. Espero poder retribuirles la gentileza. Planeo entretenerlos hasta hacerlos olvidar el mal rato, en el sentido más ubicuo de la expresión. Por favor, antes de dar comienzo a nuestra charla, no olviden lavarse las manos, hay un expendedor de alcohol en gel a sus espaldas. Empezaré mostrándoles algunas imágenes que recopilé durante mis viajes recientes, y aunque seré discreta, como reclaman las circunstancias, intentaré demostrar que aquel viejo *dictum* que dice que lo que la mente enfoca crece, no es folklore tibetano ni charlatanería emocional. Desconozco las condiciones meteorológicas afuera de esta habitación, pero a los efectos de la charla da igual: caiga granizo sobre esta ciudad o brille la luna sobre el Taj Mahal, esto empieza así. Damas y caballeros, acá los tienen: los dibujos, mi obsesión, lo que me quita el sueño viniendo en sueños. Miremos la primera diapositiva. Posemos los ojos sobre el cielo.

La conferencia fue un pequeño *succès de scandale* entre los residentes. El plantel médico fue más escéptico, algunos pusieron en duda el rigor de la investigación y su hipótesis endeble, algunas de las conexiones fueron consideradas demasiado tiradas de los pelos, pero, en definitiva, mi plan funcionó, pude demostrar que mi disartria ha desaparecido, que ya estoy bien. Así que al parecer pronto me dejarán salir. A veces todo esto me recuerda a una de esas historias de superación que venía en el *Reader's Digest*.

Ayer a la noche el neurólogo se paró en el umbral de la habitación. Su silueta se dibujaba a contraluz.
—Aguantó bien el encierro —me dijo.
—Me las rebusqué.

No lo mencionamos, pero sé que él sabe de mis teletransportaciones, de hecho, fue él quien me habilitó al Rubio. Lo vi en sus ojos. Fue un tipo de mirada, un instante de indiferencia conspiradora, que se desvaneció antes de que surgiera la necesidad de identificarla. Para matar el tiempo jugamos al Juego de las Atribuciones. Después me habló de sus problemas con su expareja, de su hija a la que apenas veía y de los méritos del amor libre. De golpe me pareció que me estaba seduciendo: ¡pero hay que ser perverso para cortejar a una mujer internada! El flirteo es un lujo que solo se pueden dar los sanos, aunque es verdad que sin algo de vulgaridad el ser humano no está completo. Digamos que negocié mi salida.

Están apostados a lo largo del pasillo. La enfermera de la noche le cambió el turno a la de día para poder despedirse, pero es una mujer a la que le horrorizan las sensiblerías, no hará escenas. Cuando paso a su lado me guiña el ojo. Miro lo que no había mirado al entrar. Hay una línea azul pintada en el piso, las paredes son blancas pero están puntuadas por matafuegos rojos colgados a intervalos. Al final del pasillo está el Rubio custodiando la placa que anuncia «Laboratorio del Sueño y la Vigilia». A sus espaldas, una luz parpadea a través de una pequeña ventana esmerilada y cada tanto lanza flashazos, y cuando eso ocurre se escuchan los pitidos chirriantes de una máquina y la cabeza del Rubio se tiñe con un halo de estampita. Al acercarme estiro el brazo para darle la mano y en una maniobra como de pase de drogas le entrego la mascota oriental. Su gesto es imperturbable, cara de «acá no pasó nada».

–Lleve una vida ordenada –me aconseja–, aunque todos sabemos que eso no cambia demasiado las cosas.

Acá termina el diario. Debo aclarar que algunas anotaciones fueron levemente censuradas, en especial las partes donde los comentarios adquirían un tono lúbrico. Supuse que debía hacer un esfuerzo por resguardar algo de la privacidad, aunque todo enfermo sabe que eso es lo primero que desaparece en una internación.

¿QUÉ HACE ESTA PINTURA ACÁ?

Durante diez años de mi vida fui crítica de arte. Si ese trabajo trae a la mente una eminencia gris que destruye reputaciones artísticas a sablazos de lapicera, yo fui una crítica de arte dudosa: floja de papeles, insegura respecto a mis calificaciones y vaga en mis convicciones. En el origen suele estar la explicación. Había conseguido ese puesto por un golpe de suerte. Alguien me recomendó para el trabajo sin haber leído jamás un texto mío y de la noche a la mañana estaba escribiendo en el suplemento cultural que más me gustaba. De repente, estaba haciendo algo que no sabía que podía hacer. Por supuesto, cuando el editor me entrevistó una fría tarde de invierno en un bar con olor a amoníaco y mármol varicoso en las paredes, a metros de un diario cuya redacción jamás pisé, tuve la delicadeza de no advertirle que se encontraba frente a una novata. ¿A quién hubiera ayudado esa información? No recuerdo exactamente qué dije, pero, conociéndome, me debo haber hecho la interesante. Quizás a eso se lo llame empujar la suerte.

No era una completa estafadora, había estudiado Historia del Arte, y ese saber me daba un plus sobre los otros periodistas de la redacción. Pero jamás había escrito sobre artes plásticas para un medio y solo manejaba rudimentos básicos de teoría estética. No hice crítica de arte como había que hacerla, no hubiera sabido cómo. A mí me gustaba la literatura, y la teoría académica con su prosa encriptada y su tono envarado, desconectada de las corrientes emocionales, me parecía tan falta de vida como un empapelado beige y tan poco hospitalaria como una cama de hielo. Después aprendería que no toda era así, pero gracias a esa primera inclinación hacia la narrativa a expensas de lo teórico, llamémosla limitación intelectual, me decidí, como decía Chandler, «a sacar el jarrón veneciano a la calle».

Desde el primer texto me di cuenta de que tenía que encontrar circuitos neuronales alternativos para escribir sobre arte. Aguzar el ojo, espolear la imaginación. No exigía tanta habilidad como sentimiento. Por supuesto, lo que yo creía nuevo ya se había hecho en otros tiempos y otros lugares. En el juego de Tácticas y Estrategias de la Guerra todo el mapa ha sido ocupado antes de tirar los dados.

Como crítica fallé estrepitosamente: nunca tuve programa, ni supe desarmar posiciones, aunque en mi mente cada tanto creí sostener luchas en el barro. Pero estas notas fueron mi ardid para conectar con el mundo en un período en el que no encontraba mi rebaño. Se ve que tenía mucha necesidad de hablar con gente porque en esos años escribí un aluvión de textos. En todos ellos conté cuentos sobre las cosas que amaba. Leídas una década después, algunas de estas notas me resultan torpes, rapsódicas, inconsistentes, pero todavía les reconozco su conducta: el mérito de no caer en el obscurantismo ni en los intolerables absolutos.

Disipar la neblina helada que rodeaba las artes plásticas y hacer de puente, o de *gondolieri*, entre la isla de Citera que suponía el arte para mí y el continente de lectores que, en mi imaginación, deseaban alcanzarla, ese era mi único plan. Esto que digo ahora con cierta grandilocuencia en la práctica no significaba más que seguir un mandamiento: hablarás sencillamente de las cosas que ves.

Akutagawa decía: «No tengo principios; lo único que tengo son nervios». Nervios a mí me sobraban, y para bien y para mal trabajé con ellos. Visto a la distancia fueron mi única calificación real para el trabajo. Fue un buen año el 2003, cuando empecé mi carrera como crítica de arte dudosa. Han pasado muchas lunas desde entonces. En esa época los diarios eran un lugar estimulante para aprender un oficio y, si bien nos quejábamos de la paga, todavía se podía vivir del periodismo, vida modesta, pero vida al fin. Claro que hacerlo exigía cierta cantidad de impulso, había que meter varias notas al mes para que las cuentas cerraran. Después estaba el trueque, que era una manera de cobrar los textos que no eran para el diario.

En el siglo pasado, el trueque era una práctica habitual en el gremio del arte. No lo he corroborado con colegas de otros países, pero en la Argentina, unos años antes de que el mercado se profesionalizara, era común que un artista te pidiera un texto para su muestra y te ofreciera a cambio pagarte con una pintura, dibujo u objeto. «Me paga con obra», se decía entre colegas. Pero a principios del siglo XXI, cuando empecé a escribir sobre arte, el dinero contante y sonante era lo único que me interesaba. En esa época yo necesitaba plata.

¿Obras?, ¿para qué? Cuando un artista me ofrecía esa forma de intercambio, lo declinaba invariablemente. Me convertí así en la crítica de arte sin arte.

Ese cuadro de Santiago García Sáenz que aún guardo en la retina lo decliné en 2003 y acepté, en cambio, un rollito de mil pesos que el artista me pasó como si me estuviera pasando cocaína en el subsuelo de la galería Ruth Benzacar. Quizás era su manera sutil de humillarme, de subrayar mi adicción al dinero. Yo no quería arte, pero cuando escribía sobre él parecía importarme muchísimo. ¿Era una hipócrita? Mi abogada interna daría su alegato: era joven, tenía un marido bohemio y la mirada cortoplacista estaba puesta en lo urgente. En fin. Vaya a saber una en qué me gasté ese dinero. Fueron pasando los años y, como suele suceder, lo que empieza como un flirteo con nuestra personalidad se vuelve una cárcel. A veces, cuando alguien venía de visita y su mirada decepcionada escaneaba mis paredes desnudas, me escuchaba decir frases impostadas del tipo: «Oh, me abruma convivir con pinturas». No era pose —en ese momento me lo creía–; pero ahora me acuerdo y me da vergüenza. ¿Qué me estaría pasando? Una década después, lo mío fue la blancura total de todo lo que me rodeaba. Durante veinte años pintura alguna mancilló el interior de mi casa. Así me perdí de tener una pinacoteca. Por terca, «por vasca», diría mi madre.

No sé si han notado que muchas veces las vestuaristas de cine se visten como si no les importara la ropa; parecen querer decir: «Sé tanto sobre moda que no me rindo ante sus mandatos». A veces creo que mi renuncia a las pinturas era un gesto snob de ese estilo. Prescindir de lo que más me gusta en la vida, no acumular, no poseer, ¿me elevaba sobre el común de los mortales? Había otra cuestión que me torturaba: una confusa bola de trapos había emparentado siempre en mi cabeza lo bello con el gasto frívolo. Y yo desdeñaba lo frívolo, quizás porque no podía acceder a ello. A ese punto había llegado. Había inventado la estética de la renuncia como forma de protección. Las paredes de mi casa parecían declamar: «Soy honesta, no oculto nada, ni siquiera tapo las humedades». Pero, a la vez, si visitaba a alguna colega que, como astuta urraca, había acumulado pinturas a cambio de favores y ahora las exhibía sin traumas, el efecto me atraía al punto de la envidia. Y aun así no podía salir de mi cárcel.

En este «período blanco» andaba inmersa cuando se disparó en mi vida un efecto dominó de catástrofes. Las siete plagas de Egipto se arremolinaron alrededor de mi casa. Llegué a llamar a una chamana que me sahumerió todo el jardín, pero los dramas shakespearianos siguieron viniendo hacia mí cual bosque de Birman. En esos días, las esperas médicas se volvieron parte de mi decorado. Siempre lo había considerado un cliché, pero ahora sentía que el relajante color verde celadón en las paredes del hospital Marie Curie o los pósters de Manet y

Pissarro en los consultorios privados obraban benéficamente sobre mi espíritu; aunque no fuera la pintura real, sino una copia barata, mirar las suaves figuras difuminadas en el cuadrito me distraía, me sacaba de la nube negra. También estaba el mural de líneas frenéticas en la entrada del hospital Güemes: ese, en cambio, me daba taquicardia.

Yo, que tanto arte consumía, no le daba lugar en mi propia vida. En *Notas sobre enfermería*, publicado en 1859, Florence Nightingale escribió: «El efecto de los objetos hermosos sobre la enfermedad no ha sido aún apreciado por los médicos, pero yo lo noto». Las imágenes podían detener el derrumbe con solo transportar tu mente a otro lugar. El profesor Roger Ulrich en 1971 llevó a cabo un estudio en Pennsylvania. Veintitrés pacientes quirúrgicos fueron asignados a recuperarse en habitaciones con ventanas que daban a una arboleda frondosa, otros veintitrés tenían ventanas que miraban a un contrafrente de paredes de ladrillo. El primer grupo tuvo una recuperación más rápida y necesitó menos calmantes. Ulrich propuso entonces un verde ideal para pintar las paredes de los hospitales y sugirió que las obras fueran elegidas por la reacción positiva de los pacientes y no por las sugerencias de un curador.

En esos días comencé a pensar en los muros blancos de mi casa, a los que todas las tardes, después de la ronda médica, volvía. Sin pinturas, sin siquiera bibelots, mi casa era una cámara frigorífica. Y hete aquí, en algún momento de este proceso, empujada nuevamente por la necesidad de dinero, decidí hacerme de unos pesos rápidos y vender los libros que me sobraban, los que no eran del círculo íntimo, sino del segundo o tercer cordón. En mi razzia literaria, cayó sobre mi cabeza un libro de Edith Wharton. Fue la bellota que terminó por despertarme. Se llamaba *The Decoration of Houses* y era un manual escrito a cuatro manos entre Edith Wharton y el arquitecto Ogden Codman, Jr. El libro me hizo pensar en el interior de mi casa de manera muy seria y me obsesionó con algo que, después de todo, no le hacía mal a nadie: la decoración. Wharton acá me guiaba, su manual disolvía el conflicto entre sensibilidad y lasitud moral porque eludía el consumismo lujoso. No serás una derrochadora, me tranquilizaba Edith, sino alguien que encuentra chispazos de felicidad en la disposición de objetos queridos. Mentiría cual vil novelista si mencionara el momento del día en que la idea pasó por mi mente: ¿y si cuelgo una pintura?

La impresión que produce un paisaje, una pintura o una casa debería ser para el novelista un evento en la historia de su alma, algo así decía Wharton. Siempre lo había sido para mí, pero por esto, por aquello, me había cercenado a mí misma de la ecuación. Creo que el argumento final en esta red que intento desenredar para justificar mi vieja personalidad se encuentra en mi niñez, en la maceta donde creció esta florcita con espinas que soy yo. La frialdad glacial de los pisos encerados que no podíamos rayar, las bibliotecas con lomos de cuero que no se podían tocar, los sillones Chesterfield donde al sentarte rebotabas, los tapices..., bueno, los tapices tenían su gracia, podía colgar mi mirada en ellos e inventarme historias. En general, había crecido rodeada por una decoración opresiva en donde todo parecía lejano:

la platería, sin ir más lejos, se tapaba todo el año con bolsas de plástico que solo se retiraban si venían visitas. Un gusto tiránico era el gusto de los otros (y la idea de buen gusto, como me enseñó la otra Edith, la Sitwell, es un vicio que habría que expurgar). Todo puesto por razones meramente de apariencia. Este tipo de interiores impostados habían sido para mí una fuente de tristeza imposible de articular hasta que fui mayor.

Antes de que me diera cuenta, me había propuesto convertir el interior de mi casa en algo que representara las gelatinosas fluctuaciones de mi temperamento. En eso estaba decidida a embarcarme para distraerme de —ya saben— lo otro. Compré dos sillones que enfrenté a la chimenea porque la simetría es benéfica, decía el clasicismo de Wharton, y después me lancé al abismo: colgué algunos regalos que, en mi renuncia a lo material, tenía escondidos en el lavadero. Eran cosas que yo no había buscado, «cosas que venían a mí», como dice mi amigo Javier. Porque si bien mi puritanismo no me había permitido aceptar regalos caros, mi educación tampoco me había permitido rechazar cada tanto alguna atención; un par de pinturas se habían logrado colar por entre las rejas de mi confuso corazón. Unos cuadros con firmas apócrifas hechas por Fabio Kacero, un pedazo de Durlock pintado por Catalina León, una pintura abstracta de Josefina Robirosa, unas acuarelas de Sofía Bohtlingk, un grabado de Alfredo Londaibere y después, cuando me desbloqueé, osé pedir una pintura. No comprar, sino pedir. Entonces supe que no habría retorno. Yo creo que agarré al autor con las defensas bajas porque me la prestó. Ahora, mientras escribo sentada

146

en mi sillón, tengo una pintura de Juan Tessi enfrente. Es fresca y hermosamente cambiante. «No la devuelvas», me dice mi hija (es curioso cómo se aferra a ella, pero en el capítulo donde Wharton habla sobre niños que crecen entre objetos bellos, esta afección se explica bien).

Los clichés son experiencia colectiva acumulada, ya no los desdeño. Empecé así un silencioso *coming out*; no lo verbalicé, no era necesario porque se veía. Lentamente, tener pinturas colgadas se empezó a notar en mi carácter. Me gustaba volver a casa. Mirar los cuadritos espoleaba el caballo de mi imaginación, me sacaba de la realidad, me ayudaba incluso a escribir, porque me enfocaba. Escapé de mi cárcel, me fui lejos, al punto de que, en los últimos tiempos, el escalofrío de la adquisición se ha apoderado de mí. Mi última compra, hace unos días nomás, fue una acuarela. La autora es mi neuróloga. Ella, como yo, sufre de migrañas y este detalle la distingue como médica (y me ofrece la prueba más clara de que las migrañas no se curan). Su obra tiene el efecto de quien conoce los escotomas, aunque estoy segura de que ella no ha pensado en esto al realizarla. Mi nueva pintura es un ángulo impreciso de una cocina, un poco *fauve* en sus colores vibrantes, fuera de escuadra, con líneas que se tambalean. Capta la experiencia inmediata y rezuma sencillez, extrañeza y voluptuosidad, frecuencias que me encanta ver juntas. La he colocado en la entrada a mi casa. A veces, al volver de la calle en días de aturdimiento, cuando mi viejo y amargado espíritu me toma, al verla me pregunto desconcertada: ¿qué hace esta pintura acá? Después recuerdo la respuesta.

EL PROFETA MUDO

La sala está oscura salvo por la luminosidad de un rectángulo que se recorta sobre la pared. El chak chak del carrusel de diapositivas se escucha cada vez que alguien lo hace avanzar.

Chak chak. La mayoría de los artistas encuentran su vocación cuando los propios talentos con los que han llegado al mundo se despiertan frente a una obra de arte. La mayoría de los artistas son convertidos al arte por el arte mismo. A Alberto Goldenstein, en cambio, lo despertó una voz. A los veinte años era un pibe común y silvestre: encerrado en su vaina, tímido, poco viajado, socialmente torpe, emocionalmente inmaduro. Estudiaba Economía y trabajaba en una financiera donde la mayor parte del tiempo sentía que la vida era eso que pasaba ahí afuera mientras él firmaba recibos. Un día de 1979, en un impulso, se compró una cámara Reflex y se fue solo tres meses a Europa; hizo el circuito turístico habitual, volvió con decenas de cajas de diapositivas.

Chak chak. Los sábados a la tarde su mamá invitaba a un grupo de señoras a tomar el té; un té sin masas porque cuidaban la figura. Se volvió una rutina que Alberto pasara durante esos encuentros las fotos de su viaje. Uno puede viajar con la mente sin moverse del sillón, corría la voz en el barrio. Un día, como favor, una amiga le preguntó a Alberto si se animaba a llevar el show de diapositivas a su casa, quería mostrarle las fotos a su padre, un pintor búlgaro que estaba postrado en una silla desde hacía años. No hablaba con nadie; ya nada le interesaba. Alberto llegó una tarde lluviosa, instaló la pantalla portátil en el living de la casa, colocó sobre una pila de libros el proyector Hanimex, oscureció la habitación y durante una hora se dedicó a girar el carrusel. No volaba una mosca, salvo por el humito del proyector que recalentaba.

Chak chak. Ahí estaba el Gran Tour popularizado por los viajeros ingleses —Roma, Madrid, París, Londres, Amsterdam—, pero no los monumentos espoleados por las guías turísticas ni los grandes accidentes geográficos, sino más bien cosas comunes. Unas velas encendidas vaya uno a saber dónde, unos tulipanes cultivados en parterres, una escultura anónima en un pasillo, fotografías que parecían decir que las cosas normales no son normales para nada; ellas poseen la fuerza carismática de lo común. Al terminar la sesión, el viejo hizo un gesto con su mano encogida por la artrosis y Alberto entendió que debía acercarse. Puso su oído cerca de la boca del hombre y cuando este por fin habló pronunció las palabras arrastrando las erres como un viejo actor de melodrama mitteleuropeo: «Debería usted hacer algo con esto».

Chak chak. ¿Qué hacer? ¿Adónde ir? El personaje medular en la vida de Alberto era su abuela paterna, Clara Kitroser, una mujer dura que a comienzos de siglo huyó de su opresivo pueblo rumano para asistir a la universidad vestida de hombre. Acorralada por la guerra, en los años treinta un vapor que era una réplica exacta del mítico S.S. *Weser* la depositó en la costa argentina. Clara contactó a unos parientes en la provincia de Río Negro, y ahí, en la Colonia de General Roca, un asentamiento de rusos originalmente emigrados de los pogromos del zarismo, se estableció junto a su marido. Amó su nuevo país con la vehemencia de la segunda generación de inmigrantes y esa vida de búsqueda, de no aceptación de los mandatos, fue lo que ella le transmitió a Alberto. Algunas cosas pasan mejor de abuela a nieto que de madre a hijo.

Chak chak. Los treinta se adivinaban en el horizonte cuando Alberto renunció a la financiera y, con un amigo, armó una empresa de importación de material fotográfico Polaroid que lo llevó a viajar por los Estados Unidos. Durante su estadía norteamericana empezó a barajar la idea de instalarse una temporada en ese país. No lo pensó demasiado, no era su modo de hacer las cosas. Vendió su departamento porteño y se mudó a Boston. No sabía qué iba a hacer. «Me dejé llevar por el viento o por las señales que el viento traía», diría mucho después.

151

Chak chak. Estados Unidos, 1979. En la Costa Oeste la población teme al Santa Ana, un viento persistente que levanta tormentas de arena resecando las colinas y los nervios. Ahí donde sopla el Santa Ana, como el siroco del Mediterráneo o el mistral de Francia, los médicos oyen historias de náuseas, dispepsia y depresión. Del otro lado, en la Costa Este, un accidente nivel 5 en la planta nuclear de Three Mile Island no augura nada bueno. La crisis del petróleo y el discurso del malestar del presidente Jimmy Carter tampoco ayudan. «El mundo se está quedando sin combustible», piensa Conejo Angstrom al comienzo de *Conejo es rico*, novela que John Updike sitúa en el verano de 1979. Boston, en cambio, fue siempre insular al resto del país. Ese año, en el Amandla Festival en el Harvard Stadium, tocaban Bob Marley & The Wailers para juntar fondos para el cese del *apartheid*. Es verdad que Woodstock como idea política, como causa espiritual, como narrativa romántica, había quedado atrás, a lo sumo era una taquigrafía usada por periodistas para hacer referencia a cualquier reunión *décontractée*, pero de tanto en tanto aún se veía algún hippie deambulando por las calles de South End. Alberto sintió atracción inmediata hacia esos espíritus aferrados a sus poleras y patas de elefante. Estos hippies ya no fumaban tanto como sus mayores, pero su fuego interno aún seguía ardiendo, y cuando en una trasnoche Alberto les contó que quería dedicarse a la fotografía, uno de ellos le dijo: «Dude, think big», que él tradujo como «Sube la vara, hermano». Eran hippies de comienzos de los ochenta, una combinación de *flower power* y espíritu empresarial.

152

Chak chak. Se anotó en la New England School of Photography (NESOP) y durante la primera semana de Introducción a la Historia de la Fotografía se le voló la cabeza. Pensó: Yo quiero ser «artista-fotógrafo». Así como otro dice quiero ser «contador-público». No sabía bien qué quería decir en la práctica ser «artista-fotógrafo». Solo sabía que tenía que ser algo más radical. Cambió físicamente: trabajaba de cajero en el mercado naturista de Harvard, pero descuidaba su cuerpo, no tenía paciencia para alimentarse, tenía cosas más importantes en que pensar. No se sentía pobre si bien no nadaba en dinero, tenía la sensación de que si le faltaba siempre podía conseguirlo. Era joven aún.

Chak chak. Jamás pensó en quedarse a vivir, estaba de paso, tomándose una licencia indefinida del lugar de donde venía, sin ganas de pensar en el futuro. Sentado en un montón de departamentos alquilados, con un ligero dolor de cabeza a las cinco de la mañana, dedicándose a mirar cómo se iluminaba el cielo, volviendo a su casa a través de la planicie monocorde de Kendall Street, sorprendido porque las sillas de The Blue Room estaban húmedas (¿había llovido durante la noche? No lo había notado), fue aquel año cuando Alberto descubrió que lo que vemos es lo que somos.

Chak chak. En NESOP tenía un maestro, Barry Kipperman, bajo, peladito, llevaba siempre traje y un ataché donde guardaba una banana. Si lo veías en una fiesta no dabas un mango por ese hombre, pero, frente a una clase, era un revolucionario. Fue él quien le mostró a Alberto qué era ser un artista fotógrafo. Kipperman había sido discípulo de Walker Evans, el *non plus ultra* de la fotografía norteamericana; de él había aprendido la idea del enigma que ahora les transmitía a sus alumnos: en la fotografía se juega un misterio que tiene que ver con las decisiones y la audacia. No es la técnica lo que interesa, sino la pulseada con el lenguaje; aquel que calza con la ecuación que uno es. Cómo un artista presiona, modifica, mete las manos en la masa con cualquier tema, eso es lo que cuenta.

Chak chak. A veces uno aprende de los lugares más insospechados. En su segundo mes en NESOP, se organizó una visita a una galería de arte con la idea de ver copias originales de Ansel Adams. Eran las fotografías del Parque Nacional de Yosemite que Alberto había visto trillones de veces en libros, pero nunca en vivo, y, aunque no le gustaba Adams especialmente, sus luces y sombras lo empalagaban, cuando tuvo las copias en las manos, deseó alcanzar esa misma riqueza visual, el efecto 3D. Alberto entablaría otra batalla con la fotografía, pero se llevaría esa sensación adentro.

Chak chak. Encontrar la voz no es vaciarse de las palabras de los otros sino adoptar y abrazar filiaciones, comunidades, discursos. Cualquier artista sabe esto, no importa cuánto intente esconder ese saber. Nelson Algren invitó una vez a Norman Mailer a una clase de escritura en Chicago. Uno de sus alumnos leyó un cuento. «¿Por qué le prestaste tanta atención?», le preguntó

Mailer a Algren. «Solo estaba copiando. Era un Hemingway de cuarta.» Y Algren, que era más grande y sabía más, le dijo: «Estos chicos están mejor si siguen a un escritor y empiezan a imitarlo. Si son buenos, tarde o temprano se librarán de la influencia. Pero antes tienen que atarse a alguien». Alberto se prueba distintos sombreros. Aquellas primeras fotografías bostonianas son un tejido de citas, referencias, ecos, una vasta imagen estereofónica. En las fotos en blanco y negro que tomó por esos años hay algunas que recuerdan a Eugène Atget o a Berenice Abbott. Alberto los mete todos en el mismo saco y lo agita fuertemente: pero siempre saca algo más de turista accidental.

Chak chak. Un día Alberto presentó en clase unas fotos de vidrieras de la ciudad. No eran vidrieras elegantes de la victoriana Newbury Street o el aristocrático Beacon Hill, sino tiendas donde lo kitsch y lo trash convivían como primos hermanos: bustos de Elvis, perritos caniches, estatuas de la Libertad, vestidos de novia demodé.

–¿Te gustan? –le preguntó Kipperman.

–No sé.

–¿No te gustaría que tus compañeros saltaran al ver tus fotos?

–No sé.

–¿Y para qué venís entonces?

–No sé.

Esa tarde Alberto sintió que fuera lo que fuera que había ido a buscar, ya estaba. Lo fue a ver a Kipperman, lo encontró en el laboratorio de la universidad.

—Dejo la escuela —le dijo.
—*You'll do good* —le dijo el maestro.

Chak chak. No es posible volver a uno mismo sin haber ido antes a alguna parte. Volvió a su país y cuando preguntó por un cuarto oscuro donde revelar su material le sugirieron que visitara el Foto Club Buenos Aires. El negativo es la partitura, la copia es la ejecución, dicen los fotógrafos. Le habilitaron un laboratorio porque venía del extranjero y generaba curiosidad, y lo invitaron a sumarse a las reuniones nocturnas, una suerte de clínica de fotos en tiempos cuando la palabra clínica solo remitía a salud. Pero las fotos de Alberto para los estándares de un foto club porteño eran un compendio de todo lo que no había que hacer. Ellos tenían reglas que Alberto desconocía, en principio porque no le interesaban. Ese hombre era la manzana podrida en el cajón y a la segunda reunión le pidieron que no volviera.

Chak chak. Empezó a trabajar en un local de pósters en la calle Florida. Las bateas del lugar apretaban láminas salidas de la cultura popular: el arcoíris y el prisma de *The Dark Side of the Moon* de Pink Floyd, el camino amarillo y los zapatos rojos de *El mago de Oz*, el submarino amarillo de los Beatles. Eran un encontronazo estético difícil de empardar aunque ahora suene naíf. Puede que esas imágenes lo llevaran a Alberto a flirtear con la idea del color. Se lo tomó como un desafío: hacer algo visualmente provocativo pero que no tratara sobre el color en que estaban pintadas las cosas, no quería hacer un libro Kodak ni caer en las banalidades de la fotografía publicitaria. Por esa misma época conoció a Alfredo Londaibere, un pintor que lo introdujo en su círculo de artistas plásticos. Alberto era el único fotógrafo en el grupo y a ellos les explicaba lo que buscaba: un efecto visual, un cruce entre lo abstracto y lo documental, un diseño, una foto como construcción plástica. Algunos lo miraban con recelo, otros entendían. Un día caminaban por avenida Corrientes cuando, a la altura del Obelisco, Londaibere se paró a saludar a un tipo vestido íntegramente de blanco con el pelo largo hasta los hombros, era Jorge Gumier Maier, artista y futuro curador-gurú del Centro Cultural Rojas. Alberto le mostró sus fotos. «Vos sos el fotógrafo moderno de Buenos Aires», le dijo Gumier Maier. Era 1989.

Chak chak. Alberto trabaja en Casa López vendiéndoles con su inglés fluido camperas de cuero a los extranjeros. Tiene muy claro que no quiere trabajar de fotógrafo.

Chak chak. Es 1990. Alberto ha entrado en la adultez (vale aclarar que, honrando la alegoría del ser creador que vive al margen del tiempo y del espacio, los artistas abandonan la adolescencia recién promediando los cuarenta). Dado que es un hombre grande, desde ahora lo llamaremos por su apellido. Goldenstein empieza un taller de fotografía en el Centro Cultural Ricardo Rojas: no era un gesto de generosidad ni una necesidad económica, lo que quería era crear interlocutores, necesitaba con urgencia alguien con quien hablar. También lo pensaba como un desafío político, y por esa razón aceptó, un poco después, ser el curador de la foto galería del Centro. En el pasillo angosto que le asignaron, creó un nicho para mostrar tanto artistas jóvenes-fuera-del-canon como históricos-clásicos. Su meta era generar un espacio para la fotografía en Buenos Aires, un lugar donde poner en juego imágenes que en este país, a esta altura, parecían prohibidas: fotografías que dieran lugar al accidente, la seducción, la historia reversionada. No quería una galería «loca». Lo que quería era demostrar que hacer fotos no era la salida fácil para un pintor mediocre. Se propuso subir la vara, hacer que la fotografía les interesara a los plásticos: para entonces ya sabía cómo ponerlos nerviosos.

Chak chak. Buenos Aires, 2001: todo se desmorona, el centro ya no se sostiene. Goldenstein se pregunta cómo ganar algo de dinero en medio de la crisis. Una medianoche, dando vueltas en la cama, se le aparece la imagen de Mar del Plata. Primero es un pálpito vago, luego una certeza: esa ciudad costera de su niñez como el símbolo de la ilusión aristocrática de nuestra Saint-Tropez en el pantano. A la una y media de la noche Goldenstein está en la estación de Retiro, compra un pasaje y una hora más tarde viaja en el Rápido Argentino. El relato recuerda a «Monumentos de Passaic», un texto de Robert Smithson de 1967. Smithson decide un sábado cualquiera tomar un ómnibus hacia Passaic, su ciudad natal, un suburbio deprimente de Nueva Jersey. Lleva una cámara Instamatic para inmortalizar su viaje. Smithson interpreta el paisaje industrial en términos estéticos, como ruinas capaces de alcanzar la inmortalidad del monumento. Con ese texto se inaugura una nueva manera de entender lo pintoresco en la tradición paisajística norteamericana y un hito en lo que se llamó «escultura en campo extendido». Durante tres días Goldenstein fotografía en estado de hipnosis: playas vacías, calles vacías, casas vacías. Si por pintoresco se entiende aquella naturaleza idealizada, sublime y singular, Goldenstein va a contrapelo. Los bañistas hundiéndose en la arena, las sillas de mimbre apiladas en equilibrio precario, el lobo de mar cual Coloso de Rodas recauchutado, todo está a años luz de una idea formal de la belleza y a la vez comparte cierta cualidad escultórica. Parecen decir: podemos convertirnos en chatarra abandonada o en ruinas ilustres a las que se visita con devoción, quizás seremos a veces una y a veces la otra puesto que la suerte es mudable y caprichosa.

Chak chak. Alberto es hijo único, nació en 1951. Su mamá era hija de rusos, la menor de siete hermanos, la única argentina, su padre era un rumano que viajaba por comercio a la Patagonia, a veces por aire, otras por tierra. Alberto lo acompañaba en los viajes en auto; recorrían el trayecto que va del Valle del Río Negro hasta Esquel, y, como apenas se detenían a cargar nafta, el chico adquirió, desde la ventana del acompañante, la sensación de que el mundo estaba ligeramente escorado.

Chak chak. Fotografiaba en su mente y mientras lo hacía pensaba en Walker Evans pero con idea de lo fallido. Entendía el error como algo positivo: «El error es el estilo, lo demás es cita», diría más tarde. Al usar fotografía analógica, Goldenstein no podía ver el resultado de su tour marplatense, pero de vuelta en Buenos Aires reveló las fotos y se enfrentó al material. No entendió nada. Lo que veía no se correspondía del todo con lo que venía haciendo. Se lo mostró al artista Marcelo Pombo. Una vez más una voz que vino de afuera lo empujó en la dirección correcta. Pombo le dijo: «Esto va a traer cola».

Chak chak. En Mar del Plata hay solo dos estaciones: el invierno y el verano. En invierno la gente se encierra en sus casas; en verano sale, ventila las habitaciones, se prepara para recibir a los bárbaros. Alberto volvió a Mar del Plata casi diez meses después, en diciembre de ese mismo año. Esta vez la ciudad parecía un hormiguero pateado. Colas infinitas de autos, una legión de turistas sudorosos que desaparecían bajo las carpas, gente como tortugas desovando en la orilla del mar. Un caldo humano salpimentado con arena sucia, tan espeso que una cucaracha se quedaría pegada.

Chak chak. Así como Kenia le pertenece a Isaak Dinesen o General Villegas a Manuel Puig, un lugar le pertenece para siempre a aquel que lo reclama con más fuerza, lo recuerda mejor, lo exprime, le da forma, lo ama tan radicalmente que lo reinventa a su imagen.

Chak chak. Lo sé todo era una enciclopedia coleccionable que Alberto miraba de chico. Los fascículos traían unos dibujos berretas y coloridos que ilustraban las leyendas, las fábulas y las historias mitológicas. Ese ha sido el filtro con el que Alberto saca sus fotos: su serie marplatense como ilustraciones de un mito para generaciones futuras. En Mar del Plata el estilo de Alberto encuentra esa relación entre la forma y el contenido, esa correspondencia entre lo que el fotógrafo quiere decir, su asunto –y él mismo– o los poderes que posee. El *ars poetica* de Alberto se sintetiza: desarrolla una forma de arte más zumbona, desintegrada y coloquial.

Chak chak. «El gran asunto es moverse», escribió Robert Louis Stevenson en *Viajes con una burra por los montes de Cévennes.* Un equipo de neurólogos norteamericanos sometió a un grupo de viajeros a un encefalograma y comprobó que los cambios de paisaje estimulan los ritmos del cerebro y contribuyen a la sensación de bonhomía. El desierto patagónico que Alberto conoció de chico no es de arena o de piedras sino un matorral bajo de arbustos espinosos. A diferencia de los desiertos de Arabia, este no ha producido ningún desborde espiritual dramático, aunque sí ocupa un lugar en los anales de la experiencia humana. Darwin juzgó irresistibles sus cualidades negativas. Decía que esos eriales yermos se habían apoderado de su mente con más fuerza que cualquier otro prodigio que hubiera visto en sus viajes y se preguntaba por qué. En 1860, Hudson intentó contestar la pregunta de Darwin y llegó a la conclusión de que quienes fatigan el desierto patagónico descubren en sí mismos un bienestar primigenio y algo que las fotos de Goldenstein transmiten probablemente sin saberlo: serenidad y consuelo (nunca en primer plano, es algo que ellas dan por lo bajo).

161

Chak chak. Voy a radicalizar la apuesta, se dijo Alberto, voy a fotografiar Buenos Aires. Empezó a viajar en colectivo, iba y venía, pero no pasaba mucho. Entonces entendió que lo que necesitaba era un cambio de posición. Compró una escalera de aluminio de cuatro peldaños y salió a la calle. La plantó en la vereda, subió uno o dos escalones y con ese ínfimo desplazamiento produjo un punto de vista nuevo. No buscaba un gran efecto. Tiempo después alguien le contó del Speaker's Corner de Londres, un rincón de Hyde Park donde uno lleva su banquito o escalera, se para sobre él y desde ahí dice lo que tiene que decir, da su punto de vista. Alberto trabaja con el punto de vista, «es algo físico», dice.

Chak chak. Las fotos urbanas de Goldenstein parecen decir: ustedes no son otra cosa que un punto de cruce entre hilos que los trascienden, que vienen no se sabe de dónde y van no se sabe adónde y que incluyen a todos los demás habitantes de esta tierra. Como fotógrafo ambulante que es, Goldenstein se entusiasma con aquello que Baudelaire llamó «la vida moderna», pero él no es un dandy porque el dandy es un capitalista que considera que la delectación se da solo a través de los objetos hermosos y estas fotos tienen una capacidad misteriosa de integración y absorción, digieren alegremente este mundo sin armonía, heteróclito y vivo. San Agustín decía: «Llegué a comprender que, aunque las cosas superiores fuesen mejores que las cosas inferiores, la suma total de la creación es mejor que las cosas superiores por sí solas». Goldenstein mira la ciudad sin categorías estéticas, en sus fotos las cosas pertenecen a una misma jerarquía: el afiche sucio, el perro solitario, la estatua prepotente, las avenidas no del todo rectas, algunos pedazos de calle que sobran, esos lugares que el catalán Ignasi de Solà-Morales llamó *terrain vague*. Cosas que parecen desconectadas entre sí y que a la vez están unidas por una misma corriente oculta. ¿Cómo logra esa atmósfera que integra lo desintegrado? Me resulta imposible de explicar, salvo mediante un poema de Mark Strand que dice: «Cuando camino / parto el aire / y siempre / vuelve el aire / a ocupar los espacios / donde estuvo mi cuerpo. / Todos tenemos razones / para movernos. / Yo me muevo / para mantener las cosas juntas».

Chak chak. A pesar de ser un artista de lo real, a Goldenstein el estrecho uniforme del racionalista le pincha bajo las axilas. Él necesita perderse dentro de la realidad. Si reconoce que se mareó lo suficiente, que se diluyó, que se acercó más a las cosas, que se mezcló más, que las fotos son más retorcidas que las anteriores, eso, me dice, es bueno. Después de tantos años ha llegado a una filosofía personal y todo lo que fotografía proviene de ese lugar. No hay ninguna foto en estos últimos tiempos que haya sacado que no forme parte de su obra. Todas son fruto de una misma causa. Hasta la foto de la factura de monotributista que tiene que mandar a la AFIP, la saca como artista-fotógrafo.

Chak chak. La materia, el tema, está en el exterior; el estilo, en el interior. Tener un estilo pero no ser prisionero de él es el secreto de Goldenstein y por eso es más fácil definirlo por lo que evita que por lo que efectivamente hace: sus fotos no se someten a una batería de naderías visuales ni están cargadas de exhibicionismos, no alardean de sus defectos ni fingen accesos de lirismo, no sugieren portentosos significados y, por sobre todo, no abogan por nada, tienen en sí una neutralidad contemplativa. Las fotografías de Goldenstein son impresiones accidentales que dejan una huella duradera en nuestra sensibilidad. «La memoria no retiene más que lo que ha captado al sesgo», decía E. M. Forster. Quizás por esa cualidad de «sesgo» una de las marcas más persistentes en estas fotografías es el encuadre levemente inclinado. El movimiento es mínimo pero produce un ligero vértigo. Es el ángulo de visión de la persona que está de paso, más que el de la persona que se detiene. Uno camina por una plaza, en especial si hay gente y barrancas, y ve un Goldenstein; uno ve chicos jugando en un muelle, en especial si tienen la piel muy dorada y cuerpos en estado de gracia con un suave erotismo, y ve un Goldenstein. No es que su estilo sea fácil de imitar, sino que sus imágenes han metido el dedo en el tejido de una atmósfera tan reconocible que logra que la vida se acerque al arte: como cuando uno ve gotas de pintura sobre una superficie y la mente dice «Pollock» antes que «sucio» o «salpicado». Todo funciona de manera asintótica, la curva se aproxima a la recta pero jamás se toca.

Chak chak. Un alumno le preguntó una vez qué cámara había utilizado para tomar cierta fotografía y Goldenstein contestó que esa pregunta era equivalente a preguntarle a un escritor con qué máquina había escrito la novela. Para Goldenstein, «la cámara es un electrodoméstico».

Chak chak. En el verano de 2011 se compró una cámara digital y se fue a Nueva York. Paró en el Chelsea Hotel con sus ventanas guillotinas atascadas, la *moquette* mohosa, las pinturas mal colgadas en el pasillo. Casi treinta años después, volvía al país donde se había convertido en fotógrafo. Salió a la calle, puso en automático la cámara y sacó al estilo «Mar del Plata 2001». Ya no usaba escalera, estaba en un *high* natural. Nada asociaba tan claramente con la palabra «ciudad» como los edificios abandonados, las escaleras de emergencia, las intersecciones sórdidas. Hablaba con el pasado. Lo que le interesaba era recordar en el sentido español de la palabra. «Recordar» como sinónimo de «despertar», como se usaba antiguamente en las regiones rurales de España. Cuando la abuela se iba a dormir la siesta le pedía a su nieto: «Recuérdame a las tres», o bien al desayuno le preguntaba a la madre: «¿El niño ya recordó esta mañana?».

Chak chak. Las fotos de Goldenstein tienen ese efecto 3D que treinta años atrás vio por primera vez en las copias de Ansel Adams. Las texturas, las capas de información, las profundidades, espolean el ojo incluso en las imágenes más equilibradas. Y aunque todos los elementos están activos a la vez, trabajando juntos (no se puede sacar uno porque se caería todo), la alquimia de sus mejores imágenes se da en el color y, por supuesto, en sus tonos. Goldenstein podría decir como Delacroix:

«Dame lodo, haré con él carne de mujer de un color delicioso, con tal de que me dejen elegir los colores que aplicaré alrededor».

Chak chak. Un amigo me contó que una vez Goldenstein dio una charla en el MALBA. Una charla es una forma de decir, en realidad no recuerdo que hablara, me dice, solo me acuerdo del *chak chak* del carrusel de diapositivas y de Goldenstein sobre el proscenio, de espaldas al público, de cara a las imágenes que se proyectaban gigantes sobre la pantalla; se parecía un poco al hombre frente a las nubes en el cuadro de Friedrich, ¿ubicás?, solo que este tipo no se enfrentaba a nada muy sublime que digamos, más bien se paraba frente a cosas medio cualquiera: los aspersores de una plaza, ponele, o un cartel que parecía la nada y aun así te transmitía algo rarísimo, parecía decirte, sin decirlo, que el misterio del mundo es lo visible y trivial, no lo invisible y ominoso. Para mí fue como estar frente a un profeta, un profeta mudo. Tiempo después me enteré de que su segundo nombre era Isaías.

Chak chak. Muditā para el budismo significa alegría comprensiva. *Muditā* es una satisfacción pura por el bienestar ajeno que no está atravesada por el interés propio. Una dicha altruista. Las fotos de Mar del Plata, las de Buenos Aires, las de Brasil, las del *under* porteño de los noventa, las de Central Park, las de Miami, incluso las de los bosques en los que Goldenstein se ha aventurado últimamente, comparten una energía celebratoria del mundo. En Norteamérica fue la antena

166

trascendentalista la que mejor sintonizó esa frecuencia. Aquel grupo que renovó, hacia mediados del siglo XIX, el estudio de los panteístas orientales pasados por Kant y postuló la inspiración perpetua y la tendencia innata hacia el bien universal. Emerson, su figura central, preconizó que toda la humanidad era una sola cosa, unida por medio de una conciencia común. Las fotos de Goldenstein tienen algo de esa mente satelital que todo lo equipara, tienen algo de Walt Whitman también en su canto al hombre moderno, en su exaltación del cuerpo eléctrico y el mundo material («Pasé una vez por una ciudad muy populosa, grabando en mi cerebro, para uso futuro, sus espectáculos, su arquitectura, sus costumbres y sus tradiciones»), y en sus últimas incursiones en la naturaleza, en esos juegos infinitos de verde, Goldenstein tiene algo de Thoreau («Fui a los bosques porque quería vivir deliberadamente»). No sé si Goldenstein conoció a los trascendentalistas estando en Boston, si los leyó, si siquiera escuchó hablar de ellos. Quizás solo estuvo ahí y captó las señales que traía el viento, y con eso bastó porque esa ciudad era la cuna del movimiento.

Chak chak. El departamento de admisión era riguroso: a NESOP se entraba a comienzos del año. Recién llegado, Alberto pidió una excepción a mitad del semestre, y, tal vez porque había que llenar el cupo latino, hicieron la vista gorda. El director de la escuela en persona lo entrevistó y su pregunta inicial, destinada a romper el hielo –¿Por qué la fotografía y no otra cosa?–, era la primera de una artillería sacada de un manual de mercadotecnia, pero la respuesta de Goldenstein fue tan precisa que ahí mismo el director dio por terminado el asunto y lo dejó entrar.

¿Qué respondiste? Se rasca el mentón, sus ojos color cerveza miran por la ventana. ¿Podés creer que no me acuerdo?, dice. He vuelto a esa escena un millón de veces en mi cabeza. ¿Qué habré dicho? Me encantaría recordarlo, dado que fue la respuesta que me abrió las puertas a todo lo demás. Pero es la respuesta de mi vida y no me la acuerdo.

LA JOVEN Y EL MAR

Qué ganas de creer, de convertir el infierno en paraíso, y qué panacea hueca pero entendible, eran tiempos aciagos y no nos venía mal un milagrito acá y allá. Por eso nos dejábamos engañar cuando nos venían con el cuento de que habían regresado los delfines a los canales de Venecia, que merodeaban los ciervos por las autopistas de San Francisco y que husmeaban los zorros por los callejones de Trafalgar Square. La verdad cayó en cámara lenta. A través del ventanuco del celular no presenciamos la multiplicación de las especies, pero sí la del arte clandestino. Fue durante la pandemia cuando en distintas partes del planeta empezaron a aparecer lo que la prensa llamó «monolitos». Eran más bien láminas rectangulares de acero inoxidable de unos tres metros de altura emplazadas sobre terrenos descampados. El primero encandiló al piloto de un helicóptero que contaba borregos cimarrones en el desierto de Utah. Días después, empezaron a brotar exponencialmente: se avistó uno en una playa en la provincia de Girona; otro, en una reserva natural en Riemst; otro, sobre un acantilado cerca de Salisbury. Nadie los reclamaba y si conmemoraban una fecha o eran un mensaje ominoso, nunca se supo, pero se hablaba de «arte marciano» porque los monolitos parecían haber aterrizado en el planeta de la noche a la mañana. Yo recuerdo que, aunque desconfié inmediatamente de su factura extraterrestre (sospeché que un marciano lo hubiera hecho mejor), aun así las apariciones me perturbaron. Eran un poco obvias, demasiado derivativas de Kubrick, pero funcionaban como espejos, y lo que me producían era un temor reverencial. No me suelten la mano acá, no era una reacción pueril, recuerden ese primer año donde la gente se desnudaba en el *pallier* de sus casas y donde, desde una estrella fugaz a un pangolín, eran presagio del fin de los tiempos. Los monolitos parecían obras destinadas a la conciencia colectiva más que a la sensibilidad privada. Nadie supo jamás quién los colocó, y así como llegaron, desaparecieron.

No mucho después ocurrió otra intervención clandestina, la escultura de una joven mujer apareció en Mar del Plata. Formalmente no había conexión alguna entre los monolitos y la joven, pero el *modus operandi* era llamativamente similar. Yo creo que eran los tiempos extraños los que propiciaban estos sucesos y el espacio público vacío se ofrecía como un gran lienzo blanco que espoleaba la imaginación de los más kamikazes. Así, una mañana, en el paseo costero entre Playa Chica y Playa Grande, apareció la escultura anónima. Hecha en cemento, la joven estaba sentada sobre unas rocas, su pelo suelto le cubría los hombros, su brazo derecho abrazaba sus rodillas, su mano izquierda jugaba con el pie. Su mirada se dirigía al agua, al ampuloso movimiento del mar. Los ojos y los dedos —el punto donde se mide la destreza de un artista— eran torpes y desproporcionados.

Es muy de esta época que todo lo que empieza como un misterio termine en un meme. «Es Cristina Kirchner cuando veraneaba en las costas argentinas junto a Néstor»; «Listo, llegaron las plagas»; «Es la hija ahogada de un pescador», escribía la gente. Había un filo peligroso en una ciudad que de noche vandalizaba sus costas colocando esculturas, pero para ese entonces mi miedo había dado paso al hartazgo y la idea de un arte de esta naturaleza me parecía excitante. Lo coloqué en mi columna de «Eventos positivos de la pandemia». Me imaginaba *surfers* que desafiando la cuarentena salían de noche con sus camionetas a emplazar obras en la arena. Creo que lo que me fascinaba de ese tipo de sucesos es lo mismo que me cautivó de los *stickers* de WhatsApp que durante muchos meses fui seleccionando como autoproclamada curadora del Museo de lo Rancio. ¿Qué me atraía? Era un tipo de arte anónimo y popular que estaba en completa sintonía con mi paisaje mental, mi cerebro en esos días se sentía como un paté de foie. Esta inclinación que empezó a crecer dentro de mí iba a contrapelo de las agendas del buen gusto. «El mundo se empobrece», me decía el padre de mi hija. Quién sabe, capaz yo me empobrecía con él, pero por entonces la idea de refinamiento me sonaba vacía, algo que envolvía las cosas en un plástico con burbujas.

La joven y el mar era más instagrameable que el monumento a los lobos marinos y aunque no parecía una pieza de museo tenía a su manera aquella *terribilità* que anhela lo sublime. Quizás me estoy dejando llevar por el golpeteo arrítmico que produce mi teclado, pero a la joven, como al Stonehenge, la rodeaba el misterio de su creación.

Pero ya sabemos que a todo momento de luz le sigue una sombra. A las semanas, el autor de la escultura se presentó en el lugar. Resultó ser un cirujano plástico y, ahora que lo pienso, es bastante natural que a un cirujano le interese el arte escultórico, después de todo es básicamente a lo que se dedica, pero con otros materiales. Un *minidetour*: Mar del Plata es una de las tres ciudades argentinas donde más cirugías plásticas se practican y parece que el fenómeno del cirujano/artista es moneda corriente. Uno de ellos, me contaron, es famoso por realizar retratos en carbonilla de sus pacientes tras la operación. Vuelvo al autor de la escultura a quien mi prejuicio descalificó de inmediato: «Al final era un buscafama», juzgué como si yo fuera la Inmaculada. Creo que sentía que su aparición le quitaba misterio a la cosa. Pero los dioses, una vez más, me harían bajar la cabeza, porque en medio de la conferencia, acorralado por los micrófonos, el hombre tuvo un gesto, diría yo, marciano: se negó a revelar el significado de su obra. Una y otra vez los periodistas le preguntaron: ¿quién es la mujer?, ¿cuál es su mensaje? Y una y otra vez el hombre calló.

Que un artista no esgrima sus buenas intenciones es una renuncia importante. Gracias a ese gesto yo podía conjeturar al infinito: la mujer parece el mascarón de proa de un naufragio que ha subido a la superficie –el verdín y los percebes adhiriéndose a su cuerpo– o bien algo moldeado en horas de hastío por los piratas británicos abandonados por el *Speedwell*, o tal vez un desprendimiento kitsch, una sirenita, del parque submarino Cristo Rey. No sería raro que algún día, en los locales de la peatonal San Martín, aparezcan pisapapeles de vidrio con su versión en miniatura.

Tiempo después leí que se había convertido en un destino turístico y que la gente peregrinaba a *La joven y el mar* como quien visita a la Virgen de Lourdes. Cuando yo fui a verla era de noche y no había nadie. La atmósfera estaba húmeda y la bruma subía y envolvía su base pétrea. Ella parecía levitar ajena al mundo. De cerca lo comprobé, no había sido un asunto de fotogenia, efectivamente era feúcha, pero se fundía tan bien con el paisaje que te envolvía en nostalgia. Y la nostalgia cuando no funciona es indulgente y pringosa, y es vida y tristeza cuando surte efecto. «Que su autor no revele su significado», murmuré como pidiendo un milagro, «que su intención permanezca en silencio.»

173

PINTA, MEMORIA

Me habían hablado de una serie de óleos que Nicolás Rubió había pintado con la idea de recordar Vielles, el pueblo francés donde pasó la infancia como refugiado de la guerra civil española. Pero esto que veo al entrar no es una serie, es la nostalgia elevada al cuadrado, pero también al nivel del mito.

«Empecé a pintar mi pueblo a los setenta y cinco años, ahora tengo ochenta y tres y llevo pintados más de setecientos óleos. No hay dos iguales. Si quiere le muestro todo.» Nicolás Rubió vive en una casa de ladrillos amplia e intrincada, con espacios que se unen a través de arcos romanos y pisos de piedra negra. Es un lugar umbrío donde apenas unas motas de sol trepan por los sillones de cretona. El aire está helado; el pintor lo nota, y aunque él está a gusto en ese clima hostil, durante toda la mañana se empeñará en alimentar el fuego de la chimenea. Este es el lugar que compartió con su mujer, la artista Esther Barugel, durante cuarenta y siete años. «Mi esposa fue la mejor escultora de este país.

Pero no le gustaba la fama y jamás hizo nada por conseguirla, al contrario, le huyó sistemáticamente. Murió ahí, sentada en esa silla donde está usted ahora. Un minuto antes me dijo: "Estoy nerviosa".»

Nicolás Rubió nació en Barcelona en 1928 en una familia burguesa. De esa época guarda un dibujo en papel de calcar donde unos haces de luz iluminan el cielo y unos avioncitos sobrevuelan las montañas. Era el pasatiempo del colegio, ilustrar cómo caían las bombas. El 18 de marzo de 1937 la Aviazione Legionaria bombardeó Barcelona durante tres días. En los meses siguientes habría quince bombardeos más. Destruían la ciudad y Nicolás lo registraba desde la única perspectiva que conocía: la del metro de altura de un chico de ocho años.

Su abuela era una mujer religiosa y autoritaria que había decidido que el padre de Nicolás sería cura. Cuando el hombre se negó, ella lo echó de la familia.

Pero el tipo era un ingeniero brillante y se las arregló solo consiguiendo un puesto en la República como director de la Escuela de Ingenieros, que le duró poco porque enseguida estalló la guerra. Durante las mañanas, Nicolás escuchaba tendido en la cama los tiroteos que llegaban desde la línea del frente situada siete cuadras más allá. En las noches, el olor acre de los explosivos subía hasta su ventana. Los puestos fronterizos de los Pirineos comenzaron a recibir largas filas de refugiados. Una madrugada neblinosa la familia Rubió subió a un tren que los cruzó a Francia. Llevaban con ellos diecinueve valijas, pero a los chicos no se les permitió llevar nada. Nicolás guardó sus trencitos a cuerda en un canasto creyendo que alguien se los enviaría más tarde. Durmió todo el viaje y al despertar, a través de una ventanilla angosta, vio el ganado rojo pastando en los campos, las lanchas pesqueras que se hacían a la mar y pensó que la guerra había por fin terminado.

«Los niños viven en la luna», decía su madre mientras sus hijos tiraban piedras al agua en la playa de un balneario donde habían recalado durante el viaje. Días después llegaron a Vielles, un pueblo en Auvernia, una zona volcánica al sur de Francia. 75 habitantes, 20 casas, 300 vacas. Al año de llegar, Nicolás empezó un diario. Tenía doce años y para entonces escribía en fluido francés. El chico había elegido Francia como su país natal y había borrado su huella española. Las tapas de cuero del cuaderno están ajadas pero son suaves al tacto. Todos los márgenes tienen dibujos, ideogramas en lápices de colores.

Uno puede nacer con el potencial de una memoria abrumadora pero no se nace con la disposición a recordar: eso lo dispara la vida con sus cambios, quiebres y separaciones. En 1948, a los veinte años, Rubió llegó a la Argentina y se puso a trabajar como técnico en una fábrica de mapas. Cada tanto pintaba, imágenes informalistas primero, luego exploró más sistemáticamente imágenes inspiradas en las molas panameñas, la pintura colonial y los códices precolombinos. Había en todo un interés por el pasado, aunque este era aún algo que se le escapaba. Así pasan cuarenta años. Un día su madre, que ya había regresado a Europa hacía tiempo, le dijo que quería venir a visitarlo. «Estábamos en plena época del Proceso y yo pensé que era mejor que yo fuera para allá.»

Una semana antes de viajar, Rubió tuvo un sueño: iba con su mujer en el auto cuando un pueblo asomaba debajo de la colina, en el sueño él sabía que era Vielles, pero el lugar estaba irreconocible, lo alarmaban los carteles de Coca-Cola sobre los techos de las granjas y los rascacielos en medio del campo, entonces se topaba con un pastor que cargaba heno y le preguntaba: «¿No queda nadie de antes?», pero el tipo no le hablaba, luego entraba a una cocina donde las mujeres llevaban sus vestidos negros a la usanza antigua y volvía a insistir: «¿No hay nadie de los de antes?», y la cocinera le contestaba: «Tome la sopa», como diciendo cállese, hombre.

Habían pasado cuarenta años desde la última vez que había estado en Vielles. Y el estar ahí no fue tan impactante como su regreso. En Buenos Aires, su mujer le dijo: «Tenés que pintar tu pueblo», y Rubió revisó aquel viejo cuaderno de su infancia e hizo una primera lista de temas, escenas que quería recrear. No era una lista demasiado larga, pero al ponerse a pintar, de repente, la lista se volvió interminable. «Entendí que los recuerdos son como los chorizos, sacás uno y viene otro atrás.»

«Mire este cuadro. A las vacas durante el verano se las llevaban a la montaña, y al final de la estación, cuando volvían, la gente las distinguía por el sonido de los cencerros. Decían, por ejemplo: "Ahí vienen las de monsieur Hugot", y todos salíamos a la calle a recibirlas. Bueno, no sé si todos. Éramos 75 habitantes, siempre alguno se quedaba en la cocina.»

En la mente de un florentino del siglo XVI obsesionado con *certezze* no con *opinioni*, este cuadro no pasaría un examen de la academia. La imagen tiene algo de Chagall en la atmósfera de sueño y algo del detalle naíf de los manuscritos medievales. Son sus primeros pasos en la pintura y, como siempre, hay frescura y tibieza en las cosas recién paridas. Hay algo durito también en la composición, quizás demasiados detalles. Los árboles parecen pompones de lana; las nubes, azúcar derramada; incluso el recorrido de las vacas tiene la rigidez de un camino hecho con piedras, y cualquiera que haya visto una vaca sabe que ellas no caminan así: las vacas se demoran, se cuelgan, se van por la tangente. A cambio del naturalismo, Rubió le da a la pintura una escena transfigurada a través del amor. El cuadro tiene el aire palpable de la tarde de verano, cuando las formas empiezan a devolver la luz que han absorbido durante el día.

Dos años antes de viajar a Argentina, Rubió cayó con lo que él llama «una mancha en el pulmón», una tuberculosis quizás, que lo obligó a pasar todo un verano en un sanatorio en la zona liberada alemana. Sobre esa estadía no recuerda nada traumático, pero confiesa que fue al salir cuando empezó a pintar, a pintar cualquier cosa.

El neurólogo Oliver Sacks escribe sobre un paciente, Franco Magnani, que podía reproducir con detalle fotográfico cada calle, cada edificio, cada cabra de Pontito, un pueblito en las montañas de la Toscana al que no había vuelto en más de treinta años. Internado en un hospital debido a una enfermedad que le produjo picos altísimos de fiebre y alucinaciones, Magnani comenzó a soñar con Pontito, y lo extraño es que una vez que la fiebre hubo pasado las imágenes se quedaron. Ahora, Rubió oye atento la historia de Magnani, el intento de unir los dos casos, buscar la epifanía tras la internación. Pero es inútil: él dice que no, que no hay que insistir, que en su internación no ocurrió nada raro. La buena memoria ya la tenía desde chico, pero aún no la había fijado sobre una idea. Y eso debería bastar como explicación.

Dicen que la noción de una infancia feliz es un motivo recurrente, aun en casos de experiencias terribles. Como si uno se inventara su propio jardín del Edén. Lo decía más o menos así Chesterton: existe en el fondo de la mente de cada artista un patrón o un tipo de arquitectura, algo como el paisaje de sus sueños; el tipo de mundo que el artista querría construir o a través del cual le gustaría caminar. Rubió ha recreado en sus pinturas el decorado de sus primeros años y es un mundo suave, suspendido en el tiempo. Toda percepción es creación y todo recuerdo, recreación. Pero aun así no se pueden reducir sus cuadros a mera fantasía.

El viejo Bonal era un campesino de Vielles al que el niño Rubió considera como un abuelo sustituto. La primera vez que lo vio, el chico estaba cortando leña. El viejo se acercó por el camino. Primero se acercó y luego le habló porque tenía una artrosis que no le permitía

180

hacer las dos cosas a la vez. Cuando se hubo afirmado en el suelo, dijo: «¿Me guías los bueyes mañana?».

No le dijo: «¿Te animas a guiar los bueyes?». Dio por sentado que ese chico urbano, con falta de sol y brazos flacos, lo podía hacer, porque ese es el deber de la gente grande: tener confianza en los jóvenes. El viejo tenía un bigote blanco y ancho que le tapaba la boca y cuyas puntas miraban al cielo, además llevaba un sombrero con alas que subían y bajaban cuando sonreía. «El hombre que reía con el sombrero», lo llamaba Nicolás.

Al día siguiente el chico empezó a trabajar en el campo ante la mirada espantada de su madre, que por las noches, al recoger la ropa de su hijo, notaba que de ella se desprendía un leve pero constante olor a vaca y a leña. Una mañana lo interceptó en la puerta y le dijo: «No te olvides de que eres hijo de un ingeniero». El chico pensó: ¿Y qué?

Vielles y sus habitantes le salvaron la infancia, aunque por entonces el chico que era Rubió no lo pusiera en esos términos. Pero la memoria del pintor sobre esos años es apabullante. Antes y después se torna más difusa, pero en el centro los ocho años que pasó en Vielles son una columna de luz. Algunos cuadros condensan tal cantidad de información que podrían hundir un buque carguero. «No sé por qué tengo esta memoria, pero a veces creo que su origen se remonta a algo que leí de Camus. "¿Qué esperas en la vida?", le pregunta un médico a su amigo. Y él le dice: "Espero ser justo".» Para ser justo hay que recordar.

Un día su amigo René tomó la comunión y al terminar la ceremonia los chicos se fueron a jugar a una fábrica de corchos que estaba cerca. Mientras jugaban a la guerra de proyectiles vieron un humito que salía de una duna de aserrín y no se les ocurrió nada mejor que hacerle pis encima. No se lo contaron a nadie: el padre de René era un hombre duro y ellos temieron una paliza. Esa noche, la fábrica ardió entera. No quedó nada salvo por unas vigas de hierro como ramas peladas de un árbol en invierno. Durante años Rubió cargó con la culpa, podría haber evitado el incendio. Hasta que un día se decidió a contarlo. «Estábamos a la mesa y lo largué. Cuando terminé mi madre me dijo algo que aún hoy no logro entender: "Ay, niño, con tal de llamar la atención eres capaz de inventar cualquier cosa".»

Pero él jura que eso fue lo que sucedió. Lo puede ver mientras lo cuenta y uno apuesta que terminará en un cuadro, si eso aún no sucedió. Quizás el suyo será un caso de memoria eidética (la posibilidad de recordar con un detalle perfecto cosas oídas o vistas hace muchos años). Pero no. Los artistas eidéticos recuerdan todo, arbitraria y desbordadamente, y la de Rubió es una memoria imantada a un único paisaje.

Desde donde estamos sentados ahora se oye el borboteo de una fuente, ¿sonaría así el arroyo que pasaba cerca de Vielles? En la pared al lado de la chimenea cuelgan algunos cuadros pequeños, del tamaño de un libro o de una carta. La vieja iglesia se vuelve un edificio enigmático bajo el naranja cobrizo del cielo. Rubió tiene acá un estado de apasionada concentración; un niño y un hombre salen a trabajar al despuntar el amanecer como un Caspar Friedrich que ha bajado de las cumbres heladas al valle protegido. En estas pinturas con menos detalles el asunto de la rigidez desaparece, como si cuantas menos formas introdujera el pintor, más vital se volviera la imagen.

«Ahora, recuerda», solía decirle la madre de Nabokov al escritor mientras caminaba por los bosques de Vyra. «Y eso significó con el tiempo una espléndida preparación para soportar las pérdidas que vendrían después.» Rubió sonríe y dice que lo podría haber escrito él y que además eso fue exactamente lo que hizo: de alguna forma se entrenó para poder conjurar el pasado con solo chiflar. Proust creía que los recuerdos valiosos son involuntarios: la memoria voluntaria es convencional, conceptual y chata, es solo la memoria involuntaria que irrumpe desde lo profundo la que puede transmitir la cualidad total de la experiencia infantil. Rubió dice que prefiere no discutir con Proust, pero que cuando uno trabaja con la memoria como material, el límite se torna difuso: ¿qué aflora solo a la superficie?, ¿qué se extrae a conciencia de los pozos de la mente? ¿No ocurre a veces que un recuerdo emerge de la corriente para luego ser tragado otra vez?

—Yo invoco mis memorias al ponerme al trabajar —repite el pintor.

—¿Y cuándo trabaja?

—Durante el día y durante la noche.

Ahora su gran duda es cuántas ventanas tenía la casa de su familia en Vielles. Un amigo le ha enviado una foto, pero en ella la fachada está tapada por un árbol. Rubió lo llama por teléfono: «¿Me harías el favor de salir al patio y mirar? Necesito saber cuántas ventanas había en el cuarto de los niños... ¿Cómo que la han derribado?... Bueno, sí, supongo que cada uno hace con su casa lo que quiere», dice en esa forma tan francesa donde pareciera que todo frío razonamiento está propulsado por alguna clase de sentimiento y todo sentimiento profundo tiene algo de razonamiento.

Afuera, un jazmín celeste y un laurel se descongelan bajo el sol del mediodía. Dos perros negros dan vueltas por el jardín y cada tanto rascan la puerta para entrar. No tienen nombre, hace diez años que viven con Rubió y aún no tienen nombre. Su dueño ha llegado a la conclusión de que no lo necesitan.

«¿Qué hay en un nombre?», me pregunta. «Si cuando les digo "vengan", ellos vienen.»

EL GRAN SALTO

Un editor en la época en la que trabajaba en el diario me dio una vez un consejo: «Salvo que hayas sido testigo presencial de un acontecimiento histórico, jamás uses la primera persona». En honor a él, que me enseñó esa y otras muchas otras cosas útiles, este texto de insufrible vanidad: yo estuve ahí.

Soy parte del jurado para la Beca Kuitca y estoy en un auditorio universitario de paredes símil roble, escalones empinados y pantalla gigante al fondo. Desde mi lugar, veo la cabeza del mismísimo Guillermo Kuitca asomar unas filas más abajo. Lo flanquean una pintora neoyorquina y una curadora local. A mitad de camino entre ellos y yo, una jovencita de eficiencia diamantina es la encargada de proyectar el material, pero a veces la tecnología le juega malas pasadas. En el 2009 las presentaciones todavía se mandan en CD, lo que hace que el proceso de selección sea eterno.

Venimos hace horas observando una marcada tendencia en los participantes a pintar ciervos, cuando llega el turno del postulante número, ¿qué sería?, ¿quince? No estoy segura, pero sí recuerdo que la computadora expulsa su CD varias veces, lo que produce una pausa dramática. Con eficiencia diamantina, la asistente prueba de nuevo. La máquina lo vuelve a escupir. La paciencia de un jurado comienza a menguar a medida que se acerca el mediodía; en lo que a mí respecta, a la tercera expulsión ya estoy dispuesta a descartarlo y pasar al siguiente participante, cuando la ranura toma coraje y succiona el disco a sus profundidades. Se escucha el chaaank chaaank, el ruido que hace el lector de CD cuando está pensando. El ícono del PDF aparece en el escritorio. «Juan Tessi», reza la portada de la presentación.

«Mmm, qué raro», pienso. «Debe ser un pariente.»

Juan Tessi, el Tessi que yo conozco tiene por entonces treinta y pico, es algo mayor para una beca asociada históricamente a los jóvenes.

Pasamos a la primera imagen.

«Definitivamente es un pariente», suspiro. «Quizás los Tessi son una familia de artistas, como la de los Brueghel en Holanda.»

Imagino eso porque lo que tengo enfrente son pinturas a kilómetros de distancia de las imágenes que yo asocio con el artista.

Ese día veo rayos como los de un prisma que atraviesan y se hunden en un fondo negro, haces de luz que parecen salir de linternas, de bolas de boliche, de cuásares. Abstracciones hechas con degradés que le dan un carácter hippie, lo que una esperaría ver en un rapé psicoactivo o en una toma de ayahuasca. Podrían ser tapas de discos de los setenta. De hecho, una me recuerda a

The Dark Side of the Moon, de Pink Floyd. Son pinturas abstractas, pero, hete aquí, no hay ecos de jerga metafísica ni de especulaciones filosóficas a lo señora Blavatsky.

No sé cómo caigo en la cuenta, o si alguien me avisa, pero el enigma se resuelve pronto: el Juan Tessi que se presenta hoy resulta ser el mismo que el Otro, el que yo conozco. Por un instante el aire se corta con una gillette. Tengo la sensación de que un inquilino se ha instalado en el cuerpo del artista.

Hasta ese día Juan Tessi era para mí un pintor figurativo que hacía retratos salidos de novelas como *Retorno a Brideshead* o de películas de Larry Clark. Pintaba primeros planos de efebos desconcertadamente heroicos, hermosos perdedores llenos de gloria y tristeza. O pintaba muebles y objetos –porcelana Meissen o Staffordshire, mesas Sheraton, lámparas Lalique– que sacaba de catálogos de subastas y reproducía con una pincelada lánguida y sensual a lo Sargent. En todo ese mundo había un gusto melancólico por las cosas bellas. Y, de golpe, ese mismo Tessi se me aparecía con unas abstracciones flasheras.

En cierto momento había nacido en Juan Tessi otro Juan Tessi. Temí que lo bien que conocía a Tessi, el Viejo, me impidiera mirar a Tessi, el Joven.

¿Era tan radical la ruptura como parecía?

¿Era una ruptura?

¿O era un gesto *déclassé*?

En la televisión, en momentos incómodos, siempre alguien propone tomar café. Eso hicimos. Y mientras bebíamos mecánicamente, charlamos sobre lo que acabábamos de ver. Alguien dijo que veía humor en las pinturas, que ellas tenían algo como de un Eduardo Mac Entyre o Pérez Celis kitsch. A otra le asombró que un artista con un cuerpo de obra ya consolidado se presentara a esta beca, que se dispusiera a revisar o repensar lo hecho. Creo que fue Kuitca quien dijo que eran: «abstracciones tratadas como si la abstracción fuera un género chico», lo que era un elogio, por supuesto, porque los caminos laterales siempre son hermosos. No había *artist's statement* (la beca no pedía declaración de principios ni significados autoimpuestos a los postulantes), lo que ese día le subió el volumen a la sensación de perplejidad pero, a la vez, jugó a su favor: nada de lo que hubiera explicado el artista hubiera inclinado la balanza como lo hizo la audacia muda de sus luces locas.

Tengo sensaciones encontradas con los jurados, por un lado me producen neblina mental, pero también, en términos prácticos, son un curso rápido de lo que está pasando. En dos días de ocho horas intensivas salís con un buen panorama del arte del momento. Con las expectativas tan bajas, mi desconcierto tuvo un efecto rebote. Por primera vez en mucho tiempo sentí deleite, la adrenalina se me disparó. Mirar las abstracciones de Tessi era como mirar a Yves Klein flotando en el aire y ser la persona que toma la foto. Presenciar el punto de suspenso ingrávido de un artista y saber que será más una ascensión que una caída.

Detesto cuando los críticos hacen esto que yo estoy por hacer: cuando empiezan a buscar ejemplos del procedimiento en el pasado, es una manía, casi un toc. No lo voy a hacer, solo decir lo evidente. En realidad, la mayoría de los grandes pintores abstractos fueron, alguna vez, figurativos.

Un amigo me enseñó la teoría de los invisibles: si uno guarda un bastidor en el freezer durante un mes y después lo saca, lo deja descongelar y pinta sobre él, la imagen final guardará algo de ese hielo. El frío, de alguna manera, le llegará al espectador. La teoría de los invisibles tiene su parentesco con la teoría del iceberg de Hemingway; dos imágenes del hielo para explicar una ausencia que se siente presencia. La parte omitida refuerza la parte visible. ¿Serían los brillos de los tiradores de bronce de un chifonier o el enchapado de un escritorio Imperio lo que lo habían hecho reparar en las complejidades del empasto para crear luz?

¿Eran un intento de llevar lo figurativo al sistema nervioso de manera más directa?

Si la calidad de una obra puede ser juzgada por la calidad del material eliminado por el autor, estoy convencida de que las pinturas abstractas de Tessi funcionaban como elipsis y estaban sostenidas por su época anterior como pintor de corte y mobiliario, como lo llamé una vuelta y él pensó que era una crítica y para mí era todo lo contrario. Su camino me recordaba a un consejo que Sarah Orne Jewett le dio a Willa Cather: «Hay que conocer muy bien el mundo antes de conocer tu parroquia». Cuando un pintor siente que por fin ha encontrado su propio material y la manera de transmitirlo, comprende que lleva trabajando con él desde el principio. Ese material ya estaba dentro de él, moldeado en los hornos secretos del inconsciente. Ese período abstracto que Juan Tessi presentaba a la beca, no era la segunda parte de una carrera, ni un punto de quiebre, sino su evolución orgánica, solo que en ese momento nosotros no lo podíamos saber y probablemente él tampoco. Años después, la obra de Tessi volvería a reconciliarse con sus otras facetas, y aunque ya nunca retomaría el realismo de sus comienzos, ahora puede ir de un lado al otro del espectro con plástica fluidez. Lo apoyamos enérgicamente esa mañana. Fue un acto de fe. Se percibía la gracia bajo presión a la que se denomina valentía.

Aunque aún faltaba alcanzar la amalgama final, en ese PDF ya se podían presentir los rasgos de un estilo cimarrón: el amor por los productos elevados de la civilización pero también por lo menor. Las desconcertantes pinturas abstractas parecían decir que Tessi nunca sería epígono directo de nadie, que seguiría el ritmo de su propio tambor sin importar lo que afuera se estuviera escuchando (lo que me recuerda que en 1870, en Boston, la regla del *nec plus ultra* era guardar los vestidos franceses durante dos años antes de usarlos. Se consideraba vulgar vestir a la última moda), que persistiría en su elegancia de perfil bajo, que jamás diría, como lo hizo Malévich: «He roto la frontera de los límites del azul y he entrado en el blanco», que no intentaría pintar el *angst* de su tiempo, pero aun así su obra tendría algo *shady,* sutil y resbaladizo. Copos de azúcar para coleccionistas, eso no pintaría jamás. Quizás estoy hablando con el diario del lunes, pero creo que si una prestaba verdadera atención todo estaba ahí, latente, en el PDF.

Las pinturas por las que Juan Tessi fue aceptado a la beca nunca se mostraron en público. No hay duda de que ellas fueron el humus de lo que vino después, pero solo seis personas en el mundo las vimos, solo seis presenciamos «el gran salto» de Juan Tessi. Yo creo que ese viernes 26 de marzo de 2009 el jurado reconoció en el artista la sabiduría de la intuición sobre la del intelecto. No recuerdo a qué otros artistas elegimos ese día. Pasa eso con la audacia, produce encandilamiento.

UNA MUJER DE INGENIO

Las biografías trabajan con los misterios.

LEON EDEL,
Principia biographica

Se coloca el cigarrillo Dunhill entre los labios con leve perversión. Es el truco más viejo de la cuadra, pero aún funciona. Produce un reflejo automático en su interlocutor. Apenas lo nota, el hombre que está a su lado en la mesa palpa su bolsillo, desenfunda el encendedor, hace girar la ruedita y acerca la llama al tubito blanco que la mujer tiene entre los labios. El fuego le ilumina las facciones y ella se regodea frente al pequeño reflector. Después, echa la cabeza hacia atrás como si alguien le tirara del pelo, pega una pitada intensa, abre los labios apenas, como si le ardieran, como la Santa Teresa de Bernini, y, a través de la pequeña hendidura sugerida, lanza lentos aros de humo que, en milagrosa procesión, van hacia su acompañante. El tipo queda alelado, envuelto en una nube de tabaco lánguido y notas de jacinto y mimosa, que el Paris de Yves Saint Laurent, que en esos días ella ha adoptado como sudor natural, imanta. Luego la mujer da dos pitadas más, quizás tres, y abandona el cigarrillo recién empezado en el cenicero,

193

solo para inmediatamente sacar otro. Lo que más le gusta es el acto de encender.

Hasta que, de repente, María Simón parece aburrirse de todo, incluso de sí misma, y, en pleno almuerzo, abre su cartera, saca una caja de donde extrae un mazo de cartas y despliega sobre la mesa su juego del solitario.

A los ochenta y cinco años, la escultora María Simón dictó sus memorias. Las tengo sobre la mesa esta mañana. Son unas cincuenta hojas anilladas, tipeadas en Arial 12. Abro al azar y leo: «No importa que pertenezca a una familia ilustre y rica y no basta con imaginarme como una niñita rubia de ojos pardos y de piel blanca».

Es verdad, no basta imaginar, debería haber estado ahí, tomando notas a su lado, o mejor aún, adentro de su cabeza, pero no sea melodramática, María, y permítame trabajar con lo que tengo: con los objetos que quedaron atrás, con los recuerdos de quienes la conocieron, con las imágenes palpables rodeadas de cosas impalpables que tengo enfrente; deme cierta libertad, al menos un tercio de la que usted se dio a sí misma, y yo haré lo que pueda con eso. «Las historias no enseñan», dice, y en parte concuerdo. Ellas no son un manual de supervivencia, pero a veces generan efectos colaterales impensados.

Empecemos por enderezar algunos datos. Lo que me importa asentar es el asunto de los colores: usted no era una niñita rubia, María, sino morocha; sus ojos, más que pardos, eran marrón oscuro, y su piel blanca, según todos dicen, era en realidad oliva. No pretendo con esto atrincherarme en lo empírico, solo convenir que usted, señora, a la hora de dictar sus memorias, fue una mujer de ingenio.

—Todas esas fantasías sobre sí misma le habrán parecido una linda imagen, o las habrá puesto porque rimaban con algo, vaya una a saber con qué —se ríe su hija Diana. Es medianoche y estamos hablando por Whats-App de nuestro monotema: María Simón.

Las historias no enseñan, pero las licencias poéticas dicen más sobre una de lo que una se propone contar.

Londres, el lugar en donde en los años sesenta una podía convertirse en cualquiera. Fue ahí donde María Simón pasó a ser una auténtica *blonde*. Un año antes, en Buenos Aires, las fotos la muestran morocha, pero en su departamento de Manchester Street ya es rubia. En lo concerniente al pelo, un corte drástico o un cambio de color suele ser indicio de vuelta de página, de amor frustrado o de delito enmascarado. Algo dejaría atrás esa mujer. Mucho dejaría atrás. Pero había que dejarlo, no quedaba otra. En 1963, la beca del British Council le permitía tener un departamento, un taller y un maestro efervescente con quien conversar sobre su trabajo. María se dedicó a llevar la vida de la bohemia chic, probablemente lo había deseado durante años. Atrás quedaban una hija de diecisiete años y toda una vida *comme il faut* de la que evidentemente ella estaría harta. Una vez estuvo lloviendo un mes entero en Londres, pero para María la lluvia caía del cielo como una canción pegadiza y nada le podía importar menos que el clima en esos días en los que tenía todas las horas para sí misma: trabajaba en sus esculturas, recorría Carnaby Street buscando pantalones pata de elefante, iba a los clubs de jazz del Soho y salía envuelta en la más densa niebla, paseaba con su amante por la Wallace Collection, deteniéndose siempre en el Fragonard de *El columpio*. ¡Qué delicia esa mujer de faldas incitantes, disfrutando con pícara perversión de la compañía de su marido y su amante en la misma escena!

Era invierno y, en su departamento cerca de Oxford Circus, María vivía con indolencia adolescente, aunque bordeaba los cuarenta. Su cama rebalsaba de discos y libros, y ella ponía la manteca en el alféizar de la ventana, porque decía que no tenía dinero para comprar una heladera. Exageraba, o más bien continuaba su inclinación hacia la automitificación. Cuando su hija Diana fue a visitarla, María le propuso hacer un viaje.

–Nos tomamos un taxi de Delfos a Micenas, porque mami odiaba las excursiones, y, al terminar, decretó que Grecia era igual a Santiago del Estero. En Estambul le preguntó al taxista dónde solía almorzar él y allá fuimos a comer con el pobre hombre. Después seguimos hacia Cannes y nos quedamos en el Hôtel Martinez, frente a La Croisette, donde me dejó con unas amigas y se volvió a Londres a ver a su amante por el fin de semana. Nos reencontramos y volvimos en barco a la Argentina. Todo pagado por mi abuelo.

A mediados de 1960, los Simón Padrós aún sostenían con uñas y dientes sus esplendores pretéritos, su adhesión tenaz a la herencia familiar.

«Si pudiera elegir una vida, ¿cuál elegiría?»

María Simón nació en 1922, en el pueblo de Aguilares, al sur de la provincia de Tucumán. En realidad, el pueblo había dejado de ser pueblo un lustro antes. La fiebre del azúcar y, en no menor medida, la llegada del Ferrocarril Provincial, de la empresa inglesa North-West Argentine Railway Company Ltd., habían consolidado su estatus como ciudad. La familia de María, los Simón, era dueña de dos ingenios azucareros. El Aguilares, el más importante, se levantaba en medio de la ciudad y había sido fundado en 1891 por Juan Simón Ferrer y dos socios cuyos nombres ahora no vienen a cuento. Juan, un catalán emigrante de Briançó, pronto compraría las acciones del resto y se quedaría al mando del asunto. Su empresa estaba en ascenso cuando la tuberculosis le cortó los planes. Entonces su viuda, Engracia Padrós Rosell, y sus cuatro hijos armaron las valijas y se volvieron a España. El ingenio siguió funcionando en manos de un tío. Cuando al poco tiempo de instalada en España muere Engracia, a los cuatro huérfanos se les asigna un tutor. Les tocó quedarse bajo el ala de Pompeyo Sans. Juan, el más chico, estudió ingeniería en Barcelona y, al recibirse, se volvió a la Argentina. Eran los comienzos del siglo XX, y él cruzaba en barco con su flamante esposa, Emilia Dublé, hija de la mujer de su tutor y trece años mayor que él.

Juan Simón Padrós se puso al mando del ingenio e

instaló a su mujer en una casa en medio del pueblo. Una casa magnífica que entre ellos llamaban «la barraca» y que antes había funcionado como curtiembre. Con su manía ingenieril e influencia catalana, Juan modificó la fachada de la casa en un estilo más colonial y la llenó de muebles traídos de Barcelona, muebles oscuros, pesados, cargados de memorias. Pero ni la alusión catalana ni todos sus bártulos bastaron para que Emilia Dublé se acomodara. La leyenda dice que ella lloraba sobre un banco de mármol en el jardín de Aguilares añorando la Barcelona que había dejado atrás. La luz se iba y Emilia parecía esfumarse, mezclarse con el cielo y las nubes del norte.

«Se suele adquirir la tonta costumbre de hablar de la vida como de algo habitual, fácil y chato, cuando nada hay más peligroso que ella», dictó María Simón.

Un relevamiento de 1920 registra que Aguilares contaba, para la época del nacimiento de María, con una farmacia, un médico, una fonda, una iglesia, una chanchería, un dentista, una banda de música, una curtiembre, una biblioteca y una cochería. Al ser la menor de los cuatro hermanos y la única hija mujer, María tenía la distancia suficiente para observar a su familia. De grande, ella recordaría la ley tácita, la legendaria sentencia: «De eso no se habla». Un día su padre tuvo un accidente, quiso destrabar una máquina que se había atorado, esta empezó a andar y le cortó la mano. «Pero en casa se hacía como si nada hubiera pasado, todo seguía igual.» Lo que uno guarda vibra con mayor intensidad, eso aprendería María: «Quizás mi padre oía el ruido de un sulky en el alba sabiendo ya que no podría conducirlo jamás». Pero nadie lo mencionaba. También había un jardinero viejo, «el loco de la tierra», a quien María perseguía, porque ya entonces le divertía convertir a la gente en personajes.

Hay un evento que María dictó en sus memorias; es el único de la infancia que describe con detalle: «Todas las tardes mi hermano y yo esperábamos al chofer delante de la puerta de la casa. Santiaguito era el hombre de confianza de mi madre. Venía de un país de ponchos, más bien cerca de los Altos Andes donde están sepultadas las vírgenes de la luna. Sentada sobre sus rodillas para que yo pudiera conducir, recuerdo cómo acariciaba mi sexo. Diecisiete años más tarde yo sentí nacer mi odio cuando lo vi de pie en nuestro jardín. Los niños se callan y su silencio otorga real pulcritud a la casa». Esa aproximación dejaría su huella: «Los hombres son demasiado fácilmente iguales». María comprendió que podría conseguir de ellos lo que quisiera. No tenía demasiado en claro cómo iba a aprovecharse de esa situación, pero la idea la seducía.

«¿Había sido echada por azar en esta casa y miraba a estos seres solo como figuras?», dictó María. Juan Simón Padrós fue dos veces diputado por el Partido Con-

199

servador: «El poder de mi padre subía con la luna y hacía de él un verdadero rey, el jefe de la vida de este pueblo. Hasta qué punto los políticos constituyen una raza porque buscan la adhesión: son más conversadores y menos nobles que la vida». Su madre padecía alguna enfermedad imprecisa, se había granjeado la reputación de «siempre estar delicadita». María dictó: «Hubiera querido amarla, pero dudo si amaba a alguien». La oración no deja en claro el sujeto: ¿quién era la que no podía amar?

«Me esforzaba con una voluntad casi desesperada por vivir, pero detrás de mí estaba la vida cotidiana familiar de la cual quería escapar, y delante de mí, un muro negro. Me convencí de que solo partir podía salvarme de mí misma.» A los veinte años, haciendo abuso de su encanto, María se casó con José Julio Poli, un argentino que era gerente de la Arrocera Argentina y trece años mayor que ella. «Tuve la triste fortuna de casarme siendo todavía muy joven. Sentí que había sido traicionada. ¿Cómo me repuse? El médico del pueblo sorprendió mi mirada y se puso a mirarme. Las aventuras empezaron a ejercer sobre mí una fascinación.» Las fotos de esa época muestran a una morocha de boca voluptuosa, grandes dientes, pequeña y sexy, talla 36, altura 1 m 54 cm. Tiene ráfagas de beldad caprichosa, me recuerda a una Scarlett O'Hara rodeada de festejantes a los pies de la escalera de Tara.

Diana Poli, la única hija de María Simón, se ha atrincherado en una casa moderna, en una calle sobre las barrancas del Río de la Plata, a la altura de Beccar, no lejos de Villa Ocampo. Para estacionar una debe poner un freno de mano firme, o bien el auto atravesaría las vías del tren y caería al agua. En primavera, en esa calle, florecen los legendarios brachichitos o árboles de fuego que, a la luz del mediodía, refulgen nuevos y frescos como si acabaran de ser creados. Desde los balcones de la casa de Diana asoman las esculturas de María Simón como hitos fronterizos atemporales. Dos piezas grandes de planos replegados. Una es de resina negra; la otra, plateada, una fundición en aluminio. La casa tiene cuatro pisos, pero, en los últimos años, Diana se ha mudado al último, y como no hay escaleras, hay que tomar un ascensor que, en realidad, es un montacargas que sube lento y, por momentos –que deben ser segundos, pero parecen horas–, una queda flanqueada por los cuatro lados por una pared blanca gotelé; soy claustrofóbica y en ese ascensor me siento como si hubiera sido emparedada en un cuento de Poe. El sufrimiento trae su recompensa: el piso que Diana eligió tiene una luz de ultramar y una elegancia *nonchalante*. A mi alrededor hay gruesas mesas de madera de campo que eran de su madre, cientos de libros de arte, una *chaise longue* regalo de Ida Chagall, la hija del pintor, y están las esculturas de María Simón, duras y sensuales, y los tapices de plumas y lana negra que quitan el aliento. Cada objeto guarda su secreto, algún recuerdo, alguna emoción embalsamada en su interior. Todo tiene vida, pero de alguna forma furtiva que aún se me escapa.

Diana se sienta en una mesa de madera deliciosamente curtida y angosta y me muestra un álbum. La fotogenia de su madre es hipnótica. Como se dice en cine, «ella capta la luz mejor que nadie». Sus ángulos, su boca, sus cejas, el pelo fino hasta los hombros, la raya levemente hacia la izquierda, unas ondas al agua que le dan volumen y lo hacen ver rico y sedoso. Finalmente entiendo: María empezó a teñirse a los cuarenta, cuando aparecieron las primeras canas, y su melena morocha pasó a dorada. Era la época de las rubias, de las Marilyn, de las Farrah Fawcett, y a ella se la ve como una criatura adorable.

—¿Viste que aparece en todas sonriendo? —me dice Diana—. Bueno, yo nunca en mi vida escuché su risa.

Sonreía porque fotografiaba bien. Es más fácil fingir una sonrisa, especialmente si se tienen buenos dientes, que sacar un sonido desde adentro. Reírse es una respuesta biológica. Sonreía pero no tenía ganas de reír. Algunas de sus sonrisas iban dirigidas a sí misma.

Había cosas que iban y venían como peces mareados en las profundidades de la mente de María. «Miraba a mi marido con la necesidad de contarle todo, pero había en mí una vocación por replegarme: comencé un verdadero *surmenage* sentimental». La pareja se trasladó a Buenos Aires y, mientras, empezaron la construcción de una casa estilo francés en el barrio de Martínez. Pero ni la vida social agitada de la capital, ni los planes del futuro hogar, ni la ropa que compraba en Vanina de War, diseñadora local tan ignota como venerada, podían tapar el agujero. Y así (o más bien, «más o menos así», para no engañar al lector), en medio de una de sus depresiones, un médico amigo, con el sentido común de la época, le sugirió a María que fuera madre.

«Si pudiera elegir una vida, ¿cuál elegiría?»

Diana es bajita y tiene una cara redonda y deliciosa; trato de ver a María en ella, pero no funciona: se parecen y no. O bien, se parecen entre ellas como lo hacen algunas actrices en las películas de David Lynch, de manera inquietante. Su pelo se mantiene morocho, alejado de todo destello dorado artificial; está impecablemente peinada, pero suele optar por el blanco como si fuera un uniforme que le evita pérdidas de tiempo; es locuaz y amable como debió ser María, pero menos teatral; tiene los grandes ojos de los Simón, pero en ella a veces se achinan y se vuelven más inquisitivos o desconfiados. Guarda un aluvión de material sobre su madre. No sé si lo retacea o se distrae, pero en cada visita sacará una nueva carpeta del cajón:

—¡Ah! Me había olvidado, también tengo estos grabados.

Nunca terminará de mostrarme todo sobre María Simón, pero es evidente que su material más preciado es el álbum de fotos de la época dorada.

André Morain es el hombre detrás de la cámara.

Existe un libro de Morain, *Le milieu de l'art,* que es una crónica fotográfica del ambiente artístico en los años sesenta en París. En ese libro están varias de las fotos que ahora veo en lo de Diana: está Hartung, Soulages, Bacon, César, y está María Simón con sus *looks sans faute,* generalmente envuelta en un tapado y muy bronceada.

–Cuando era invierno y en París no podía tomar sol en la terraza, se iba a la cama solar. A mí me decía: «Dianita, qué suerte que es linda, porque si no no la hubiera querido». Fue una gran maestra del gusto. Un día, cuando era chica, le compré un florerito moderno de cerámica que pensé que le iba a encantar. Abrió el paquete y dijo: «¡Pero qué horror!».

En el álbum, el registro llega hasta mediados de 1970, y después queda trunco. No hay fotos de su vejez.

–¿Para qué verla fea?

Como si la belleza de su madre fuera uno de los elementos que más atesora.

Toda la fe puesta en esa categoría tan contundente y tan huidiza.

–«Old age is no place for sissies», decía Bette Davis.

–La razón que tenía.

Le comento la cantidad de hombres que aparecen en las fotos.

–¿Vos sabés que yo creo que fue amante de cada uno de ellos? –dice, y se ríe.

«No puedo decir que la conocí. Solo recuerdo sus apariciones como *self-styled erotic creature»,* me escribe Edgardo Cozarinsky.

204

—Así como están los *hommes à femmes* están las *femmes à hommes*. María pertenecería a esta categoría —me dice Mariano Simón Padrós, su sobrino—. Le decían «la nena».

Ella misma tituló sus memorias *María y los hombres*. Los amantes son tantos que una pierde pronto la avaricia por seguir la cuenta. Hay infinidad de ejemplos de este tipo: «X me invitó a ir a España a cambio de una vida sexual»; «Una amiga me mandó al director de orquesta que venía a la ciudad. Dimos una vuelta. Me llevó al hotel e hicimos el amor. Una, dos, cinco veces». Registra incluso un encuentro con un sacerdote: «El padre X vino a curar mi alma, luego se enamoró de mi cuerpo». Su historia podría resumirse así: «Gustaba del poder que me daba el sexo».

¿Con qué derecho entramos en la vida de la gente? ¿Qué es esta impertinente indiscreción? La vida que cuento no explica el arte que veo a mi alrededor. Finalmente, solo es un cuento que corre en paralelo y cada tanto converge para luego volver a separarse. Salir por arriba del laberinto biográfico requiere destrezas superiores: la vida de María Simón no preanuncia su obra y, a la vez, una podría decir que es una consecuencia lógica de su vida. Pero no toda persona nacida en las mismas condiciones hace una obra así, de ese rigor, de esa imaginación, de esa voluptuosidad ascética.

Diana guarda una acuarela que pintó su madre de muy joven. Una sirena rubia sentada sobre una roca en medio del mar. Un pájaro negro con sus alas desplegadas la mira fijo, podemos escuchar el ruido de esas alas frotando contra el aire. De golpe vemos que hay un rasguño sobre la mejilla de la sirena. Una línea roja, una herida abierta, un picotazo quizás. En todas las mitologías los pájaros son heraldos simbólicos que tienen acceso a los confines del mundo. La idea del pájaro alma pertenece a las imágenes más ancestrales de la humanidad. Pero también las brujas están ligadas a los pájaros. Cuando Iván el Terrible reunió a todas las brujas de Moscú para quemarlas en la hoguera, ellas se convirtieron en pájaros y huyeron volando. «Tenía catorce años y la libertad interior de un pájaro fascinado», dictó María. «Empezaba mi primer gran viaje.» No se sabe a qué viaje se refiere.

Pero estoy saltando en la cronología, volvamos al nacimiento de su hija. Un embarazo es como un viaje, te saca de vos misma: «Y sí, durante unos meses desapareció la angustia olvidando la vida», dictó María. La llegada de su bebé la distrajo un tiempo, pero la depresión, o la crisis, no tardó en regresar.

—Recuerdo que pasaba todo el día en la cama o bien salía hasta tardísimo —cuenta Diana. Como todo hijo, a veces creía que su madre ya no iba a volver.

No intuía del todo mal. María había querido estudiar Bellas Artes, pero sus padres no la habían dejado, esos destinos eran para bataclanas. Tenía ya unos treinta años y una hija de cinco cuando se decidió, e intuyendo un talento sin explorar, o quizás desesperada, se apareció un día en el taller del escultor Juan Carlos Labourdette. «Tomé la arcilla y sentí la verdad.» Empezó así a vivir la vida del artista, la que ella definió como «vivir en el dominio incierto del espíritu y de la ficción». De esa época solo he visto un busto en arcilla, un retrato de Diana que aún está formalmente lejísimos de lo que serían sus obras posteriores. Después, cuando se mudaron a la zona norte, María empezó a ir al taller de Líbero Badíi. Es él quien impulsa una búsqueda que se aleja del realismo. Este parece ser el *annus mirabilis*, el año donde el paradigma empieza a mutar: 1961.

No mucho después se separó del señor Poli y se fue a vivir con su hija a lo de sus padres, a una casa estilo español en avenida Figueroa Alcorta y Ramón Castilla, una casa con sus torres pronunciadas de techos a dos aguas y entramados de madera, una casa fantasmal que fue demolida mucho tiempo después para levantar un edificio olvidable. Sus padres, para ordenarla, le ofrecieron un trabajo en el escritorio del ingenio. La nombraron «responsable de los créditos». Tenía que viajar a las provincias para cobrar. Nada más ideal, esos viajes lejos de casa.

—Parece que se gastó la mitad del pago que había ido a buscar en la suite principal del mejor hotel de Corrientes —dice Diana.

Volvió a sus esculturas.

Las historias no enseñan pero muestran cómo los

pensamientos, los objetos y las personas se entrechocan unos con otros en el espacio y el tiempo.

Las cajas de plomo, acrílico, aluminio. Con ellas ganó la beca a Londres y por primera vez sintió lo que era estar sola en un lugar lejano. ¡Vivir a su arbitrio, sin tener que dar explicaciones! Regresó a Buenos Aires a regañadientes y un año después, en 1966, presentó una instalación y ganó otra beca. Esta vez era el Premio Georges Braque, que organizaba la embajada francesa. «Pensé que si me enviaban dos veces a Europa era porque debía quedarme ahí. Además, tenía la necesidad de salir de mi ambiente social. Acá tenía el problema de ser "alguien", lo que me impedía desarrollarme como persona.»

—¿Volviste a ver *Tacones lejanos*?
—Mañana lo hago, prometo.
—Mami decía que era la historia de nuestra vida. La vi miles de veces hasta que dejé de llorar.

El personaje de Copi, en *La Internacional Argentina*, huye de París porque considera que rebalsa de argentinos. María llegó con pocos contactos y se instaló sola, a los cuarenta y dos años, en la rue des Deux Ponts de l'île Saint-Louis, aquella isla señorialmente discreta, la representante del espíritu de mesura francés. Apenas unos años antes, Manuel Puig, después de haber paseado por esa zona, escribía: «Estoy reloco, me hallo, quiero vivir mil años en París». María disfrutaba de la uniformidad gris de la ciudad, parecía hecha a su medida, caminaba bajo las arcadas que rodean el Palais Royal deteniéndose a su gusto a mirar los objetos que había en las vidrieras polvorientas de los anticuarios. De Gaulle había sido reelecto un año antes, André Malraux era su ministro de Cultura. París se relanzaba como centro de investigaciones estéticas frente a la avanzada capitalista de Nueva York. María lleva una vida que hace que todo lo pasado parezca hueco y falso.

Pasea especialmente a esa hora en que se borronean las fronteras entre el día y la noche, durante esos treinta, cuarenta minutos, donde los faroles eléctricos de la calle conviven con los últimos destellos del sol, donde todo adquiere una intensidad espectral y las fachadas de los edificios con sus ventanas oscuras se mezclan con el bulto negro de una iglesia, cuando de repente: «¡Encontré el material! ¡El más fácil, el más pobre!».

Vuelve a su departamento con una caja de cartón corrugado bajo el brazo. Hay un leve eco de su infancia rural en esas cajas cascoteadas. El ingenio poético hace lo demás. El ingenio bien entendido, y no como pata de palo que un ciego le muestra a otro ciego. Desde 1965, trabaja directamente con cajas de cartón. Las cajas son el esqueleto: cajas abiertas, cajas cerradas, cajas plegadas, cajas violentadas, cajas fragmentadas. Agarra las cajas de cartón, les da una forma y las manda a fundir en bronce, en aluminio, en hierro, pero las obras nunca pierden su referencia al modelo original. María jamás consideró sus cajas de cartón como un *objet trouvé* a la manera de Duchamp, sino como una simple estructura que le permitía liberar su géiser expresivo. Edgardo Cozarinsky habló de «un impulso fálico», Mariano Simón las consideró producto de «una mente masculina para la época». Son cajas en conflicto, nunca hay sosiego en ellas, tienen algo de placas tectónicas. Como si la naturaleza se hubiera geometrizado al máximo y solo quedaran puntas, ángulos y filos. «La caja toma una vida propia en la que encierro mis emociones y secretos.»

Las historias no enseñan, pero dan forma a lo informe.

Mi madre me llama para avisarme que me llegó una caja por correo.

–¿Una caja? ¿Qué será?

Le tomo el pelo, porque sé que usará esta caja de excusa para hacerme ir a visitarla.

Según Nicolás García Uriburu, Iris Clert era una griega extravagante con buen ojo y grandes corazonadas, que promocionaba a sus artistas diciendo: «Compre hoy en Iris Clert lo que mañana en Iolas va a estar carísimo». En 1966 le ofreció a María exponer sus cajas de aluminio.

Toda esa diáspora latinoamericana en París: parte del grupo de argentinos exiliados incorporaron a María de inmediato. Casi todos eran varones. Se hizo amiga íntima de Rómulo Macció, de Fernando Maza y de Luis Tomasello. Iban juntos los domingos a los míticos asados en lo de Seguí, comían en un restaurante del carrefour de l'Odéon, frecuentaban el Crazy Horse Saloon, un sótano en tinieblas con una multitud apretada que fumaba y bebía en copas que no tenía donde apoyar, iban a la Cinémathèque a ver una película de Antonioni, a visitar el Hôtel d'Alsace, porque en uno de sus cuartos había muerto Oscar Wilde, o simplemente tomaban algo en el Café de Flore. Como el narrador de «Babylone Blues» de Edgardo Cozarinsky, María «aprende a sentirse cómoda entre los monumentos de París».

Suena el teléfono en el departamento de la rue des Deux Ponts:

–Buenas tardes, soy César. Vi su obra en la fundición y me interesó mucho, me han dicho que usted es extranjera y quisiera conocerla.

César, el escultor pionero en el uso de chatarra, la llamaba. A ella. Decidió que no volvería a la Argentina antes de haber hecho «algo importante».

Jacques Lassaigne había pasado por Buenos Aires en 1963 para participar como jurado de la primera edición internacional del Premio Di Tella junto a Romero Brest (el Citizen Kane del arte, según lo calificaría Lygia Clark). Lassaigne era un crítico de prestigio, había participado en la Resistencia y era curador en la época en la que

211

esos tipos cortaban el bacalao. «Es inconcebible que no haya más intercambios entre Buenos Aires y París», escribió Lassaigne a su regreso a Francia. Reaparecerá en la vida de María Simón en 1969. Será su hombre-caja.

Una revista de decoración publica fotos de un antiguo caserón del siglo XVII donde Lassaigne, el entonces director del Musée d'Art Moderne de la Ville de Paris, vive con María Simón. La decoración de la casa incluye las pesadas mesas de madera de campo y la colección de Jacques: obras de Sonia Delaunay, esculturas de Germaine Richier, André Masson, textiles peruanos, cabezas nigerianas. Las veo en la revista y noto que varias están ahora a mi alrededor en lo de Diana.

«Si pudiera elegir una vida, ¿cuál elegiría?»

—Jacques parecía un san bernardo, le faltaba el barrilito —me dice Susana Reta, espléndida a los noventa años con su peinado laqueado e impecable pantalón negro—. Te voy a contar esta historia: con mi marido pasamos diez días en Saint-Paul de Vence con ellos. Una vez nos llevaron a visitar el Musée Maeght. Para que nos dejaran pasar, Jacques dijo que mi marido y yo éramos ministros argentinos. La casa del señor Maeght tenía picaportes de Giacometti, el pie de la mesa de vidrio era de Giacometti, la escalera a la pileta era de Giacometti. Otra vez fuimos a la casa de Hans Hartung. ¡No te imaginás lo que era eso! Hartung tenía una botonera con la que hacía subir los árboles, con otra, surgía la pileta. Y él pintaba con un taburete con motor para desplazarse por todo el lienzo. Me acuerdo de que estaban Simone Signoret e Yves Montand en la cancha de bochas atrás. Todo era así en la vida de María y Jacques. Excepcional.

Las historias no enseñan, pero algunas vienen adentro de otras.

María no practicaba deportes, pero era fanática del tenis, y en las temporadas del Roland Garros se pegaba a la televisión para mirar los partidos.

En uno de sus viajes a Europa compartió mesa en el barco con Bioy Casares y Silvina Ocampo. En un momento, María comentó su gusto por Pete Sampras. Silvina le dijo que a ella también le gustaba jugar a tenis, pero sin pelota.

—¿Vos estás loca? Sacá eso de ahí, le dije cuando entré a su casa y vi una bandera del Che Guevara —me cuenta Susana Reta—. Yo creo que la colgaba de inocente que era.

«París está prácticamente empavesada por grandes afiches en blanco y negro, portadores de la regia efigie de Ernesto *Che* Guevara en la habitual actitud del héroe byroniano con la expresión del idealista y visionario», escribió Juan Carlos Paz en *La París de los argentinos*. María Simón no parece haber sido lo que se llamó una artista *engagée*. Y aunque sus tapices con plumas de los setenta fueron una manera de responder al auge del Tercer Mundo, las plumas eran traídas de Japón. «¿Qué pretenden los europeos de los latinoamericanos, que sigan pintando paisajes típicos o costumbres folklóricas?» María no haría nada de eso, repudiaba lo evidente.

Hay una foto de la muestra de 1973 en Denise René. María está sola mirando a través de la vidriera de la galería. Atrás se ven sus objetos. Está rodeada por esas piezas duras, amenazantes, y de repente a ella se la ve tan frágil, tan *soignée* y sola. Jacques estaba enfermo y moriría días después.

Me llama mi madre:
—Tu caja sigue acá, esperándote.
—Mejor no la abras por si se disparan los males del mundo.

—Cuando sus padres mueren, María no hereda gran cosa —cuenta Mariano—. Solo un puñado de cuadros de autores catalanes que vendió en un *boom* inesperado de esa pintura que hubo en los noventa.
—Y pensar que cuando los Simón Padrós viajaban en tren desde Tucumán a Buenos Aires tomaban todo el vagón y se llevaban su propio personal vestido de blanco —dice Susana Reta.
La historia es siempre la misma en lo que atañe al dinero en las familias.

214

Arturo Constanzo, un *couturier* argentino que hoy vive en Toulouse, la conoció un año después de la muerte de Jacques. María tomó a Arturo bajo el brazo. Eso de adoptar gente sería una marca en ella, tenía sus protegidos.

—María no tenía concepto alguno del sacrificio o de la disciplina. Era más bien haragana, «y está muy bien serlo», decía, «la pereza es una gracia». Pero después elegía talleres exquisitos y caros como la Fundición Susse o Valsuani. Producir era para ella una actividad posterior a la de crear, más resignada. María tenía períodos de inspiración y otros de reflexión. Tenía su propia cadencia. Se levantaba hacia las doce del mediodía, tomaba té en *robe de chambre*, bajaba espléndida a las cuatro de la tarde y empezaba a recibir gente. Comía poco, mucho foie gras a la noche, postres jamás. Tomaba Veuve Clicquot. A veces tocaba el piano, Bach o Satie eran sus dos caballitos de batalla.

Dicen que jamás se tomaba un subte. Que su psiquiatra era el mismo de Malraux. Que a sus sesiones solía llevarla Hassen, un taxista tunecino que había conocido en una ida al aeropuerto y a quien también había adoptado. Dicen que ella argumentaba tener agorafobia y que esa era su excusa para ir en *remise*. Dicen que pagaba con *traveler's checks* que le duraban cuarenta y ocho horas. Que si vendía una obra se compraba un tapado. Que jamás ahorraba y que, cuando el matrimonio necesitaba de un dinero extra, vendían un Germaine Richer o un Sonia Delaunay o un Kandinsky, y así seguían. Dicen.

En sus memorias, María deja entrever que sus estados de enrarecimiento sucedían especialmente hacia la madrugada. Quizás por eso boceteaba muy entrada la noche. Las obras de María Simón son su lugar de repliegue, el sitio donde obtiene profundidad estratégica, como llaman los militares a la zona de retirada en caso de recibir ataques en la frontera. «Soy una caja cerrada», dijo. María Simón era un misterio hasta para ella misma, y ese enigma que la comía por dentro quedó encerrado en sus esculturas.

Diana muestra homeopáticamente lo que guarda, hasta el último momento sopesa a la chismosa que tiene enfrente. Un día me manda un whatsapp: «Mirá la carta que encontré, es de 1979»:

Diana
He decidido morir.
[*No se entiende la letra de las primeras palabras.*]
No puedo más soportar mi soledad, no puedo soportar mis silencios.
Quisiera bailar, quisiera reír, quisiera estrechar en mis brazos a alguien que me comprenda o que comprenda el arte que sale de lo profundo de mí.
Pronto tendré 60 años. Son suficientes años.

Perdóneme Diana este último dolor que le causó Mami.

–Ay, siempre amenazando con el suicidio. Era pura manipulación esa mujer. Una vez me dijo que había puesto la cabeza en el horno para morir, pero que después se acordó de que era un horno eléctrico.

–Tenía su performance –cuenta Teresa Anchorena, que conoció a María cuando llegó a París junto a su marido, Rolando Paiva–. Siempre después de comer se subía a la mesa, se acostaba de espaldas y, en medias red, shorts negros y antifaz, hacía su bailecito de piernas. Era su marca registrada. Pero fuera de esos gestos excéntricos, María era refinada sin ser pretenciosa.

En su casa de Villa Crespo, sobre una mesa a un costado del sillón del living, Teresa tiene una pieza de María. Me la acerca, no sin esfuerzo; las obras de María Simón siempre pesan una tonelada. Es un bronce despojado que parece haber sido hecho para acariciar, incluso se ve la arruga del cartón como una espina dorsal que ahora mi dedo persigue sin pedir permiso. Me da frío tocarla. Frío interno. No basta imaginarla.

Todavía no fui a buscar la caja. Mi mamá me llama todos los días. Me amenaza, me dice que si no voy la abre.

Argentinos de París, de Isabel Plante, es un libro que sigue el derrotero de los artistas argentinos en los años sesenta. Jacques aparece en un par de oportunidades, pero a María jamás se la menciona. No es una crítica al libro, que, de hecho, es muy bueno, pero es sintomático. María no parece formar parte de ningún grupo. Cuando le pregunto a la autora por la omisión, me responde que es la primera vez que escucha su nombre.

El carácter es el destino. Y las circunstancias lo apalancan.

¿Por qué su obra no trascendió como la de otros? Quizás estaba cómoda en su vida elegida, quizás dedicaba demasiado tiempo a otras cuestiones, quizás era mujer, quizás. Sería pura especulación aventurar una hipótesis acá. Es verdad, no basta imaginar, me gustaría saber detalles, cosas que solo María podría responder.

Hay un rumor que dice que el marqués Sosa Cordero se le acercó un día a María y le ofreció llevar una de sus obras a fundir con el gran fundidor de Botero, en Pietrasanta. Se llevó una pieza, *El rey y la reina*, y jamás la devolvió. Se cree que hizo un *surmoulage*. Dada la reputación de Sosa Cordero, es posible. Sosa Cordero tenía un socio que le vendía esculturas de Penalba a los polistas. Juntos vendieron una cantidad importante de Penalbas falsos. Al final, Sosa Cordero se casó con una cubana y murió en Mónaco. Dicho sea de paso, el rumor sostiene que la obra de María jamás regresó.

Me pregunto si secretamente miraría a Arp, a Pevsner, a Moore, a Lygia Clark, incluso a Penalba. Pero no lo sé. Al único que menciona en sus memorias es a Brancusi. El viaje de Brancusi de 1904 es material de leyenda: el artista que sale de Rumania y cruza media Europa a pie en busca de un lugar propicio para desplegar su espíritu. París resulta ser el sitio adecuado. Ahí, de inmediato, llama la atención de Rodin, que lo invita a ser su asistente. Un mes en el atelier del maestro es suficiente: «No crece nada debajo de los árboles demasiado grandes». Esa fue su excusa para abandonar, pero es probable que Brancusi no sufriera tanto la sombra del genio, sino su asfixia estética. El realismo visual de Rodin estaba en las antípodas de los ideales de Brancusi. «Bistec», calificaba el rumano a todo lo que supusiera copiar la realidad. Había heredado la obsesión por los elementos puros de los tratados místicos de un monje tibetano llamado Milarepa. Es probable que María sintonizara con esta propuesta estética que buscaba lo esencial y lo eterno.

«Si pudiera elegir una vida, ¿cuál elegiría?»

Desde la mesa de madera en la que estamos sentadas vemos una terraza amplia y yo sugiero salir a tomar un poco de aire, pero Diana me dice que prefiere la naturaleza a través de un vidrio. Para que no insista, me cuenta un cuento. Ya sabe que con eso me distrae:
—A los ochenta años, cuando se quedó sola y sin plata, la convencí para que volviera a Buenos Aires. Llegó

muy angustiada. Ella ya había pasado por una cura de sueño de diez días. Digamos que tenía un prontuario. Entonces le propuse ir a ver a un psiquiatra. Me dijo: «Voy, pero si usted me acompaña, Dianita». Allá fuimos, ella con su vestidito impecable. Durante la sesión la única que habló fui yo. Mami estuvo toda la hora callada, y de golpe, estábamos terminando, y le dice al psiquiatra: «¿No tendría una copita de champagne?».

—¿Quién ayudó a María con sus memorias?

—Una mujer que encontré en el diario bajo el rubro «Escriba su libro». Iba dos veces por semana y mami le dictaba.

—¿De quién fue la idea?

—Su psiquiatra se lo sugirió. Tenía la teoría de que el mejor antídoto para la angustia era crear. Como ya no podía hacer obras porque tenía artrosis, convinieron en que le dictaría sus recuerdos a alguien. Fue inducida, digamos.

—El texto parece incompleto. ¿María se cansó o lo consideró suficiente?

—Se aburrió de la mujer que tomaba notas. Le parecía una tonta. Si hubiera sido un hombre seguramente hubiera seguido.

Las copas de los árboles se han hundido en la calma de la tarde. Echo una última mirada al piso de Diana antes de irme y noto que tiene una planta arquitectónica extraña, con un sector del living triangular que se enangosta y desde cuya punta se puede ver el río. Me siento en la cubierta de un barco atascado en la tierra y me pregunto si Diana, que atravesó tantas veces el océano para ver a su madre, no habrá, en la quinta napa de su inconsciente, elegido ese espacio para revivir una sensación. Debió haber sido una hija feliz cuando viajaba hacia Europa –es una noche cálida, el mar está en calma, hay luna llena–, pero ahora, mientras bajamos en ese ascensor lentísimo, de golpe me dice:

–Ay, esa mujer, no sabés cómo me torturaba.

Y se ríe, como se ha reído muchas veces en cada una de las entrevistas. Con la agudeza de los hijos sobreadaptados, quizás porque entiende que la vida elegida por su madre era la única vida posible para María Simón, la artista.

Ya en el auto, bajo el vidrio para agradecerle la confianza.

–Y eso que te conté la mitad de la mitad de la historia –me dice–, lo demás no es para todo público.

¿POR QUÉ ME ARRANCÁS DE MÍ?

–Un Tiziano maldito –le explico a mi madre cuando me pregunta sobre qué escribo. Tiene noventa y dos años y para ella el mundo se está desdibujando.

–Yo tenía un amigo que se llamaba Cristiano.

–Cristiano, no, mamá: Ti-zia-no, el pintor veneciano. Escribo sobre un cuadro de Tiziano escondido en México.

–¿Y vos creés que eso le puede interesar a alguien?

Vuelvo a intentar a la hora de la cena con mi hija y su novio. Ella, que está harta de mi rollo con el arte, enrosca su *spaghetti* en silencio; su novio dice: «Perdón, no sé nada de pinturas».

«Una pintura de Tiziano guardada en un convento en ruinas en un pueblo mexicano, custodiada por sus habitantes como si fuera un dios intocable», le cuento esta historia a mi amiga española. Ella suele mostrarse entusiasta, sin embargo, ese día mi cuento no enciende la chispa en sus ojos. No pierdo de vista que mi amiga vive en Madrid y que a pocas cuadras de su casa tiene a la *Dánae*. En una biografía sobre el pintor, Alexandre Dumas dice: «No existe en toda Europa ciudad, museo o corte de alguna importancia que no posea hoy un cuadro de Tiziano». Me consuelo pensando que para ella tener una pintura de Tiziano cerca es algo de todos los días, por eso mi relato no despierta su interés.

Me contactan de un museo norteamericano para que escriba sobre el misterio del coronel Fawcett desaparecido en el Mato Grosso en 1925 cuando intentaba llegar a Z, la antigua ciudad perdida. La última carta del explorador llegó desde Dead Horse Camp. Fawcett llevaba una extraña estatuita de basalto negro en su mochila, heredada de su amigo H. Rider Haggard. Un psicometrista inglés le había dicho que esa estatuita provenía justamente de la ciudad de Z. La historia me resulta interesante, en especial por la mención a la psicometría –que es un tema sobre el que siempre estoy a punto de escribir y luego algo me distrae–, pero cuando me llega el email yo estoy embarcada en mi historia sobre el Tiziano. Como la paga es buena y en Argentina estamos obsesionados con los dólares, me tiro el lance: «¿No querrían, en cambio, un texto sobre el Tiziano de Tzintzuntzan? De alguna manera también es la búsqueda de un Dorado y de una maldición», les digo. Unos días después llega la respuesta: «Muchas gracias, pero no vemos cómo esta historia podría encajar en nuestro proyecto».

La falta de interés general me resulta desafiante.

Cuando los aventureros norteamericanos, alemanes o noruegos, con algo de dinero en sus faldones aunque nunca repletos, pisaban el muelle de listones quebrados del pueblito mexicano de Tzintzuntzan, lo primero que veían eran unos chispazos verdes y azules que tajeaban el aire. No se asustaban, los remeros les habían advertido que esa era la ciudad de los colibríes. Después aparecía lo inesperado, lo que nadie les había comentado: los caminos angostos y torcidos, los gatos dormidos sobre los antiguos pretiles de piedra, los melones creciendo como maleza, las casas simples de adobe y palma y, cerro más arriba, un antiguo centro ceremonial con cinco yácatas que ejercían su influjo espiral sobre el paisaje y sus pobladores.

A finales del siglo XIX, Francis Hopkinson y su asistente Moon no buscaban colibríes ni templos prehispánicos, sino un convento casi olvidado tierra adentro, donde el pueblo terminaba y empezaba el monte. Seguían la pista de otros que, antes que ellos, habían visitado el lugar para espiar la joya escondida, la que los rumores decían que estaba envuelta en una maldición. Los norteamericanos descartaban la advertencia como superchería indígena: «Que la curiosidad nos mate como a los gatos», reían mientras se pedían una botella de sotol.

El que andaba más obsesionado era Francis, porque era pintor y a los artistas los toma una idea fija y no los suelta con facilidad; su asistente Moon, en cambio, lo seguía de guapo nomás y un poco por desprogramado. Ambos eran norteamericanos y, aunque más respetuosos que la media, compartían el mismo demonio, una curiosidad malavenida por lo distinto, lo secreto y, de ser posible, lo prohibido. En el fondo, eran dos snobs disfrazados de exploradores. Francis había salido de su país para retratar el México profundo y llevaba consigo una sombrilla blanca, una caja de pinturas y un atril. Era un gringo típico de ojos zarcos y piel rosada propensa a las urticarias de sol, que andaba siempre frotándose un aloe vera para aliviar el escozor. Moon, en cambio, tenía la piel oliva y cuarteada. Años de vida errante le habían borrado los rasgos más notorios de su gringuez.

Estaba camuflado, por así decirlo. Un oído fino para los idiomas le garantizaba un fluido español y llevaba un bigote grueso y corto. La corbata echada hacia atrás, sobre el hombro, le daba un aire de despreocupación. El hombre solía andar con un catalejo largo como un bate de béisbol y un sombrero ancho que usaba en las conversaciones para dar clima. Si te contaba algo privado, lo apretaba sobre su pecho; si te anunciaba alguna noticia trascendental, lo dejaba caer sobre su espalda y su cabeza quedaba enmarcada en un halo; si te contaba algún chisme pecaminoso, colocaba el sombrero de costado como cuando las mujeres usan el abanico para que no les lean los labios. Decía tener un jefe, un superior, que se le aparecía cada mañana en el espejo y le dictaba qué hacer. Su jefe ahora le había dado la orden de acompañar al señor Francis a Tzintzuntzan. Francis no dormía bien. Moon lo escuchaba a la noche dar vueltas en la cama, rascarse.

Era una mañana ventosa cuando los norteamericanos, que habían optado por subirse a un catamarán improvisado con dos canoas atadas, salieron de Pátzcuaro hacia Tzintzuntzan. No había pasado media hora cuando el viento amainó y el lago quedó hecho una seda sobre la que el catamarán se deslizó veloz gracias a cuatro remeros indígenas. Había un sol demoledor aunque todavía no era el mediodía. A Francis la sombrilla le protegía la cara, pero sus empeines en sandalias de cuero quedaban por fuera del cono de sombra.

¡También, salir con ese calzado! ¿Qué había sido del pragmatismo norteamericano? Tres horas estuvieron esos empeines al sol. A un kilómetro de la orilla deseada, Moon observó con su catalejo y señaló dos motas blancas sobre un cerro. Una era el templo de San Francisco, explicó; la otra, el convento. Cuando descendieron en el muelle, media población tzintzuntzense estaba esperándolos y la otra media venía corriendo con sus alfarerías sobre la cabeza por una huella de tierra apisonada flanqueada por pastos altos; por ese sendero los pobladores iban y venían, de pescar en el lago, a rezar a la iglesia. Era la línea de sus vidas.

Francis y Moon se adentraron en el pueblo. Unos metros atrás, un grupo de tzintzuntzenses les siguió el paso con cara de pocos amigos. Media hora más tarde, llegaron a un convento en ruinas, los terremotos habían derribado buena parte del edificio, pero aún se apreciaba su fachada plateresca. Cruzaron por arriba de una puerta de hierro enterrada en el barro, atravesaron un atrio donde viejísimos olivos de troncos rasgados se sostenían dignos. Debajo de esos árboles estaban enterrados los jefes de Hernán Cortés.

Un puñado de tzintzuntzenses, acuclillados en los rincones del patio, los estudiaban. Francis tendría cuidado de no violentar a la población. Era un hombre meticuloso que además de artista era ingeniero y había edificado los cimientos de la Estatua de la Libertad. Se dirigieron a la parroquia. La puerta estaba entornada. Entraron a una habitación de vidrios rotos infestada de lagartijas. Un intenso perfume a incienso les llegó del fondo y en el rincón donde el techo descendía y la penumbra se hacía espesa, vieron a un sacerdote, solo reconocible por su sotana negra que algunos reflejos perdidos alumbraban. El religioso parecía extraviado en una suerte de estupor, pero cuando oyó la voz de los extranjeros giró su cara como una veleta. De frente, tenía una barba de semanas y los ojos, metidos en lo profundo de sus cuencas, le daban una mirada que dejaba en claro su vasta autoridad sobre martirios de todo tipo. Ya no tenían pestañas y apenas les quedaba una huella de cejas. El sacerdote les lanzó una mirada impregnada de astucia. En la negra atmósfera, intercambiaron palabras. Moon apretó el sombrero sobre su panza y presentó a Francis como un pintor prestigioso. Inquiría el sacerdote sobre lo que ya sabía: una canoa se había adelantado con noticias de su llegada. «No se admiten extranjeros», dijo, «menos aún protestantes, pero», y acá de golpe puso una cara virtuosa, casi cómica, «¿podrían los visitantes donar algo para los pobres, teniendo en consideración el enorme riesgo que él estaba dispuesto a correr?»

Moon metió la mano en el bolsillo y sacó unas monedas de plata. Una, dos, tres, cuatro, cinco; el cura mordió cada una a medida que las iba contando, no se podía dar nada por seguro en cuestiones entre la tierra y el cielo, y luego, como si el Espíritu Santo le hubiera insuflado energía, se levantó. Aunque era mediodía, el hombre tomó un candelabro de múltiples brazos y lo encendió. Se internaron, uno detrás del otro, por un corredor estrecho y oscuro, elementalmente abovedado, que hacía amplias curvas en su trayecto y se bifurcaba varias veces. De las esquinas venían los cantos guturales de los murciélagos. Las sombras de las velas generaban claroscuros y Francis usaba su sombrilla blanca como bastón, tanteaba con ella los desniveles del suelo de piedra. Cada tanto se rascaba los empeines, porque la urticaria se le había disparado.

Mareados, salieron a un patio donde vieron a una veintena de mujeres sentadas sobre esteras con sus caras ahuecadas por el hambre, coronas de espinas sobre sus cabezas y, en sus manos, un azote de ortigas. Al sentir la presencia de los hombres, las mujeres subieron el volumen de sus rezos; el sacerdote se abrió paso a través de la marea femenina. Una mujer con hilos de sangre en su espalda le besó el ruedo de la sotana, pero él no bajó la mirada.

Atravesaron un claustro, llegaron a una capilla donde, salvo por una vela encendida, nada indicaba que fuera un lugar sagrado. Francis se dio vuelta porque sintió la mirada de alguien, aunque solo alcanzó a ver un cajón fúnebre. Siguieron. Tuvo la sensación clara de que los estaban haciendo dar vueltas en círculos para desorientarlos.

El sacristán los esperaba en la entrada de la sacristía. Su cara, brazos y piernas redondas se adivinaban bajo la sotana raída y daban la impresión de que el hombre era una bombita de agua a punto de estallar. El cura y el sacristán cruzaron miradas. Imagino que se guiñaron el ojo. A estos gringos nos los comemos crudos, se habrán dicho por telepatía.

Demonios, la puerta de la sacristía estaba cerrada. Esa mañana el peón que guardaba la llave se había olvidado de abrir el candado y ahora iba en burro camino al pueblo vecino de Lagunillas. «Mandemos otro burro a buscarlo», sugirió Francis. «Solo hay un burro en todo el pueblo», contestó el sacristán, y rápido agregó: «Claro que podríamos romper el candado, pero eso, ustedes entienden, significaría tener que arreglarlo más tarde». Los padres de la iglesia parecían alineados en su lógica perfecta. Esto olía a pequeña aduana paralela.

Cuando otras cinco monedas de plata se apilaron en el cuenco de la mano del sacristán, el hombre le dio la espalda a la comitiva, hizo unos gestos como forcejeando un candado que no existía, y la puerta –que probablemente hacía trescientos años que permanecía abierta– cedió. Entonces, por primera vez a Francis lo poseyó la indecisión del enamorado, del tímido que no se anima a presentarse en su primera cita, y se quedó inmóvil en el vano.

La habitación de la sacristía tenía el piso de mármol y una ventana sin vidrio pero con rejas por donde entraba de lleno la luz. Las paredes estaban salpicadas con moho, pero el lugar, a diferencia del resto del convento, respiraba la paz de un bien custodiado silencio. Había una profunda calma, como la que podría existir en una biblioteca. En el centro, una mesa redonda de madera con patas curvas; al fondo, una cajonera, y, apoyado sobre ella, contra la pared, un marco blanco al que le habían sacado la parte de arriba por falta de espacio. Como siempre que se ponía excesivamente nervioso, Francis se rascó los empeines.

La pintura estaba ahí. Era lo que había ido a buscar.

No habían llevado cámara porque les habían dicho que era peligroso, otros no habían contado el cuento por intentar tomar una fotografía. La primera reacción de Francis fue sacar un cuaderno de dibujo. Hizo el esqueleto abocetado de lo que veía: el vértigo de la vista lo guiaba, la ansiedad de la mano le jugaba en contra. Su lápiz iba demasiado rápido porque intuía que no tendría mucho tiempo. Primero, un plano general, la sala con la pintura al fondo, luego un primer plano del cuadro con todas sus particularidades. No habían pasado más de quince minutos cuando de repente, como si la imagen lo imantara, le dio el cuaderno a Moon para que lo sostuviera y caminó como zombi hacia la pintura.

Se trepó a la cajonera y observó devotamente la imagen de cerca. Se maravilló ante el perfecto estado de conservación del óleo que, aunque craquelado en partes, aún mantenía su dorado vibrante. Estiró el brazo hacia el lienzo. Lo tocó. La pincelada era áspera. De golpe, se escuchó un grito. El ruido llenó de tal manera la sala que se podía pensar que venía de todos lados a la vez, pero venía de atrás. Dos tzintzuntzenses se habían abalanzado sobre Francis y ahora lo estaban bajando. Moon, que se había quedado en el vano de la puerta, le ordenó a su amigo que no luchara por zafarse, y luego comenzó a explicarles a los hombres enardecidos que Francis era un destacado pintor que había perdido el don: su mano derecha, desde hace un tiempo, se había entumecido y se rehusaba a crear. Solo hacía unos días, en un sueño, la solución a su parálisis se le había revelado: debía visitar el Tiziano de Tzintzuntzan para poder recobrar su destreza.

«Lo que hoy presencian», y levantó el cuaderno de bocetos en el susto caído al piso, «es el milagro de Tiziano.» Todos, incluyendo el propio Francis, que ya estaba absolutamente metido en el personaje, cayeron de rodillas.

Al norte de Italia, en los Alpes, hay una región llamada los Dolomitas. Su nombre celebra al geólogo Dolomieu, quien durante un viaje por la zona descubrió que las montañas de roca caliza contenían una porción tan alta de magnesio que, a la luz del atardecer, se teñían de un rosado que viraba al violeta furioso. En un castillo que mezclaba grandeza con melancolía, en el seno de una familia noble, rodeado de estas montañas mágicas, nació Tiziano Vecellio alrededor de 1480. Ya sabemos que a los biógrafos les gusta otorgarles a los datos más insignificantes de la vida de su biografiado una trascendencia metafísica. Seré obvia, como todos: el joven Tiziano era feliz al recorrer los jardines de su castillo deleitándose con el color del paisaje, los lirios y las rosas. «El perfume era solo un lujo, quizás hasta un defecto, para aquel muchacho que estaba destinado a ser el gran colorista de su siglo», diría Dumas.

A los nueve años lo mandaron a Venecia, y, aunque el siglo XV estaba llegando a su fin, aún no se había producido el gran salto hacia el barroco. Entró primero al taller de un mosaiquista, después al taller de los hermanos Bellini, especializados en cuadros de frailes escuálidos y vírgenes anegadas en lágrimas. Juan Bellini notó enseguida la personalidad llameante de su nuevo aprendiz, y lo obligó a domar su espíritu. Lo puso a pintar santos retorcidos de dolor. Quizás exagero y no era todo tan tétrico, aunque un sensualista como Tiziano así lo debió sentir. Bellini no aceptaba encargos de temas profanos, lo que para alguien de espíritu voluptuoso significaba una desgracia, pero nobleza obliga, fue él quien le enseñó a Tiziano a manejar el óleo, una técnica revolucionaria, infinitamente más seductora que el temple que se venía usando en Italia.

Nunca hay que subestimar el valor que la casualidad juega en nuestras vidas. Su importancia me resulta, a veces, aterradora. Llegó un día al taller un joven que venía de Castelfranco. Era un prodigio con los pinceles y muy ingenioso, y los compañeros lo llamaban cariñosamente Giorgione. Para Tiziano fue una revelación trabajar a su lado, primero como amigo íntimo e imitador, más tarde como enemigo íntimo y rival. Su genio se midió con el de Giorgione, lo que en términos artísticos es definitivamente un golpe de suerte, siempre y cuando se posea un carácter que resista. Tiziano no se amedrentó, y, cuando Giorgione murió por la plaga en 1510, el camino le quedó libre.

Había un pasaje subterráneo tapiado entre la capilla y el convento, pero era tal el miedo de los tzintzuntzenses de que la pintura fuera robada que, cuando el obispo ordenó desbloquear el túnel, los pobladores no opusieron resistencia: de día, arrastraban las piedras, sacaban los cascotes, acumulaban la tierra; de noche volvían a colocar todo en su lugar. Custodiaban la pintura, no se preocupaban por su autoría. ¿Era el realismo de la imagen lo que les atraía o esa cualidad abstracta de los buenos cuadros que se cuela sin que una lo advierta?

Salió Tiziano del taller de los Bellini abjurando de la pintura religiosa, pero por el resto de su vida no pudo sustraerse a su influjo. En Venecia le encargaban trabajos para todas las iglesias; si huía a Padua, le pedían una imagen de san Antonio, y así hasta que en 1514 el duque de Ferrara Alfonso d'Este lo llevó a su corte, la más brillante de toda Italia, y le encargó dos bacanales para su *camerino d'alabastro*. Tiziano se inspiró en las *Imágenes* de Filóstrato, que era un conjunto de descripciones literarias de otras pinturas que no se sabe si existieron o no. Parece una manera de rizar el rizo, un jueguito de vanguardia, aunque quizás fuera más habitual de lo que imagino. Lo cierto es que tan fascinado quedó el duque con las bacanales de Tiziano que lo sofocó en lujos; lo que hoy se llamaría «billetear».

Acá entra a jugar el divinísimo Pietro Aretino, *influencer* de la época. Aretino, el poeta de labio inferior lujurioso, el hombre con la lengua más temida del siglo, el azote de los príncipes, el íntimo del pintor. Cuentan que le criticó a Tiziano el apuro con el que había pintado la parte baja de su traje y después agregó: «Está bien, fue mi culpa, debí haberte pagado más». Probablemente no le había pagado ni un centavo, pero Aretino traficaba influencias. Fue él quien le escribió a Carlos V, el emperador del Sacro Imperio Romano Germánico, recomendando los servicios de Tiziano. Desde entonces, el lujo en la vida de Tiziano se volvió la norma.

234

Ni los honores ni los regalos lo llevaron a la molicie; por lo contrario, Tiziano vivía en estado febril de trabajo. Miguel Ángel le criticaba su falta de dibujo, pero no podía dejar de admirarlo y decía que era el mejor para imitar la vida, *contraffare il vivo*. Mal que le pesara al florentino, Tiziano podía fundir en el fueguito sagrado de su pincel las dos maneras rivales, la escuela del dibujo y la del color, y forzar así los arcanos de la naturaleza. Cuando un día puso a secar en el balcón un retrato del Papa, los ciudadanos que pasaban debajo, creyendo que era el santo hombre de carne y hueso, le hicieron toda clase de reverencias.

Por entonces, Carlos V había enviado a América, más precisamente a la zona de Michoacán, a su viejo amigo Vasco de Quiroga, un obispo que quería fundar un poblado utópico según las teorías de Tomás Moro. Satisfecho con la marcha de las cosas y como demostración de su afecto, el emperador quiso tener un gesto de reconocimiento con el trabajo de Quiroga. Fue así, dicen, como la pintura de Tiziano, el niño mimado del emperador, cruzó el océano y fue a parar a la sede obispal en Tzintzuntzan. Otros dicen que fue un regalo de Carlos V para fray Jacobo Daciano, un familiar lejano, un fraile franciscano danés que se rumoreaba era hijo natural del rey de Dinamarca y que pasó gran parte de su vida en Tzintzuntzan dándoles la comunión a los indígenas.

En una visita a su estudio, cuando Tiziano ya era viejo, Vasari dice haberlo visto retocar sus cuadros con los dedos y hablar de una nueva manera de pintar. El *Desollamiento de Marsias* era lo que Vasari había visto. Por un pecado similar, Aracné había sido castigada, pero Marsias era un sátiro silvestre que vivía al margen de todo, y no tuvo mejor idea que desafiar a Apolo en un concurso de música. El *Desollamiento de Marsias* es extremo, expresionista, una masa incoherente en una gama de colores apagada y luces borrosas. Marsias cuelga patas para arriba, se ven sus venas en red, la transparencia borravina de las vísceras y tendones al descubierto. La habilidad de Tiziano en esta última época para transmitir estrés psicológico y físico es única: el tirón de Marsias duele. Tiziano puede hacer eso, hacerte sentir que la tela y tu piel son la misma membrana celular. «¿Por qué me arrancás de mí?», exclama el sátiro mientras lo desuellan. «Por tu arrogancia desmedida», le contestan los dioses.

Tiziano podía anunciar los terrores de la muerte como ningún artista. Cuando le llegó la suya, estaba pintando una Piedad destinada a su tumba. Murió durante la epidemia de peste bubónica, en 1576, no queda claro si por su causa o de vejez; tenía casi noventa años, que en términos renacentistas es una bestialidad de tiempo en la Tierra. En el humus fértil del puerto veneciano, la bacteria *Yersinia pestis* se desperdigaba veloz, pero a pesar del miedo, se hicieron las exequias por su muerte en la iglesia de San Lucas.

Meses después de su muerte, apareció en el taller del pintor una obra que había sido destinada al ciclo de Poesías y que por alguna razón nunca había llegado a España. Acteón, el cazador, buscaba sombra y agua para refugiarse del calor del mediodía cuando sin querer llegó al manantial donde Diana se bañaba desnuda junto a su cortejo de ninfas. La diosa era encantadora, pero también una *drama queen*; bueno, alguien tenía que decirlo, lo dije. El asunto es que montó un escándalo. No se entiende si se puso roja de furia o de vergüenza. Ovidio lo dice infinitamente mejor: «El color que suelen tener las nubes cuando las hiere el sol de frente, o la aurora arrebolada, es el que tenía Diana al saberse vista sin ropa». Al sentirse ultrajada, Diana transformó en ciervo a Acteón y, por si se quedaba corta, le dejó su antigua inteligencia para que tuviera plena conciencia del dolor de la metamorfosis. En *La muerte de Acteón* la cabeza del joven parece un peluche de esos que se alquilan en casas de disfraces con los cuernos de gomaespuma. Los perros, sus propios perros, que ya no lo reconocen, se le echan encima y lo despedazan. Es una tragedia otoñal. A la antigua cuestión de dotar a la naturaleza con sentimientos humanos se la llama «la falacia patética» y acá Tiziano hace uso de ella con maestría. Se puede ver cómo las nubes arrebatadas pasan rápido, como no queriendo mirar; cómo los árboles se ladean imitando la caída de Acteón, amplificando el drama, y cómo el enojo de Diana se irradia y con su flecha, como un agente naranja, aniquila todo a su alrededor, por eso el color chamuscado, la monocromía de marrones y amarillos de la vegetación que crece a sus pies. Todo ese lío por mirar lo que no había que mirar.

Los viajeros que lograban llegar hasta el Tiziano de Tzintzuntzan sabían que estaban violando una prohibición no escrita. El Tiziano era una imagen sagrada. Solo un explorador pudo escapar del lugar con una placa fotográfica. Unos días después lo alcanzó la maldición en un bar de Pátzcuaro donde jugaba un póquer con unos extraños. Un puñal le cortó la carótida. Cuatro siglos más tarde, un Jueves Santo de 1944, alguien colocó unas sotanas cerca del candelabro que ardía en la sacristía de Tzintzuntzan y, en minutos, las llamas se volvieron incontrolables. Al fuego, el arte le resulta indiferente.*

*Desde hace unos días un estremecimiento se ha apoderado de mí. Quizás esta historia no debía haber sido contada y mi ego desoyó las advertencias que venían disfrazadas de desinterés. De repente tengo miedo y vuelvo sobre mi relato para expurgar detalles: la descripción es la manera que tiene un escritor de tomar una fotografía, me digo. Yo, que he visto la única foto que existe del Tiziano de Tzintzuntzan, decido ser difusa acerca de lo que vi, aunque al hacerlo le reste potencia al relato: hoy vale más mi vida que el arte. No mencionaré el tema de la pintura, no diré si era el producto de un talento superior o un pastiche épico, si había aire entre las figuras o si eran simplemente planos recortados, si los dorados del óleo insuflaban vida a los cuerpos o si exhalaban el aliento helado de la muerte. Nada de eso diré para protegerme del puñal en la carótida. Puede que sea una precaución menor y que a estas alturas ya esté condenada. De ser así, que los dioses se apiaden de mí, aunque ya han demostrado que la empatía nunca ha sido su fuerte.

A MODO DE EPÍLOGO:
MI ZONA

1

Siglos atrás, cuando el mundo aún me parecía un lugar excitante, escribí un libro sobre museos. En esos tiempos no lo consideraba un libro, sino más bien una conversación sin propósito sostenida conmigo misma. Lo escribí en estado ideal, sin esperar ni aprobación ni crítica, y al terminarlo, envalentonada por mi círculo familiar, busqué editorial. Como era de esperar, a nadie le interesó. No me decepcioné: después de todo, el libro hablaba sobre pinturas. Decidí archivar el manuscrito y seguir con mi vida insulsa cuando un pequeño sello editorial me ofreció publicarlo con la condición de que yo pusiera el dinero. Tenía unos ahorros destinados a pintar el cuarto de mi hija. Diferí los fondos: no sé por qué hice eso, pero al comienzo y al final la pintura siempre ha regido mi vida.

Un año después una escritora que apenas conocía de nombre le mandó mi libro a su agente literaria en España. Ese gesto fue lo que los novelistas duchos en el armado de tramas denominan «el instante cuando el destino entra por la puerta». De repente, me convertí en autora. Demasiado rápido me llegó la propuesta de mudar mi libro del reducto indie en donde había nacido a la lujosa *maison* de una editorial europea. Me vendí al capitalismo (como me dijo para provocarme mi antiguo y primer editor) no diré que mareada por el inesperado interés en mí sino tentada, más bien, por la idea de librarme de mis tediosos días como oficinista: ¿entonces ese hobby que tenía de chiquita, la manía de contar cuentos, era algo que podía convertirse en mi profesión? Pronto descubriría que, para una personalidad que históricamente se bloquea ante la presión, convertir la escritura en un trabajo era mala idea.

«Que con tu primer libro no te vaya ni muy bien ni muy mal», me deseó un novio escritor. Como si una pudiera elegir. Ya en Europa, la novela –así le decían, aunque no había sido concebida más que como una serie de textos dispersos– se tradujo a más de una quincena de idiomas. Hoy miro los ejemplares de Hungría y hojeo perpleja las páginas indescifrables preguntándome cómo sonará eso; me supone un salto cuántico pensar que el libro que tengo entre las manos es mi libro. En realidad, yo creo que ya no lo es, y la convención hace que suspendamos el descreimiento y cobremos los royalties.

Por suerte ese éxito moderado no me llegó demasiado joven. A mi edad, cerca de los cuarenta, yo ya no podía ser víctima del síndrome napoleónico, tenía más bien una idea equilibrada de todas las fuerzas que habían contribuido a ese golpe de suerte. Juzgándolo con la objetividad que me otorga ser su autora, diría que mi libro tiene una sola gracia, como las marionetas de Kleist la tenían, una falta de conciencia, una impunidad de novata que debe de resultar simpática. Con ese libro me convertí en *one hit wonder*, como lo fueron Blind Melon con «Rain» o Soft Cell con «Tainted Love».

Nadie te avisa, pero en las grandes ligas la maquinaria editorial implica compromisos que una quizás no esté dispuesta a enfrentar. Están, para empezar, los festivales, que para la loba solitaria que soy suenan a hoteles de moquette raída donde los escritores se intercambian habitaciones en medio de la noche, a lobbies mortecinos donde compiten en maledicencia los editores, a salas de conferencia semivacías por las que flotan los espectros de los grandes autores. Por supuesto, no podría jurar que son así, porque sistemáticamente encontré una excusa para no viajar nunca a ningún lado. Aprendí a decir que no. «La autora no asistirá al festival», dice el comunicado de la editorial, «por encontrarse cómoda en su casa.»

Después está la gente con otro tipo de demanda; la peor, la que te pregunta: «¿Estás escribiendo algo nuevo?». Como cuando hago yoga y al pensar en la respiración me ahogo, la necesidad de darle de comer a la máquina editorial me paraliza.

Una vedette argentina salió en la tapa de una revista del corazón casi desnuda. El titular, que apenas tapaba sus tetas, rezaba: «Lo hago por mis hijos, Barbarita y Gonzalito». Llamo a las reseñas, los textos para catálogos, las traducciones, cualquier cosa que esté mediada por el dinero en pesos argentinos rápido y urgente, «un Barbarita y Gonzalito». Suelen ser trabajos por encargo

241

que tienen fecha de cierre. ¡Ah, la fluidez, la euforia que vuelve a mí cuando escribo esos textos! Relajada, o más bien confiada en mi oficio, con la única preocupación de entregar a tiempo, las palabras se aglutinan sin que tenga que exigirles su presencia. Pero cuando cebada por el ejercicio de teclear a sueldo paso a «mi obra», entonces las persianas de la creación se cierran como se le bajaban las puertas a Harrison Ford en las películas de acción.

La escritura de mis libros debe ser algo que sucede mientras hago otra cosa, no me puedo sorprender a mí misma escribiendo mis páginas memorables, debo deslizarme, evadir la vigilancia de la institutriz alemana que no me deja divertirme, debo entrar en la zona. El 22 de febrero de 1974, el tenista Arthur Ashe, después de haber sido derrotado por Björn Borg, escribió en su diario: «Mi adversario estaba *in the zone*».

Agarrar la corriente placentera que te empuja hacia adelante, un estado mental donde el ego desaparece, el tiempo no existe y cada acción, movimiento y pensamiento se concatenan ha sido para mí un descubrimiento de la talla del de Champollion, cuyos efectos positivos repercuten en cualquiera que pase cerca. Cuando logro entrar en la zona estoy exultante, las pequeñas y tristes preocupaciones que infestan mi vida no me tocan, la monotonía se diluye. No se necesitan más libros en este mundo, pero la sensación de estar absorbida por la escritura es una tarea de placer exquisito porque te exime de la realidad. A estar en estado de escritura, no al libro en sí, es a lo que aspiro cada mañana.

2

Cuando mi hija era chica solía ponerla a dormir con un CD que traía sonidos de lluvia. Cuando el disco se rompió empecé a cantarle una canción que funcionaba con la misma eficacia: «My Favourite Things», el clásico de *La novicia rebelde*.[1] No tengo una buena voz, pero si canto bajito parece que tengo estilo. No sé por qué de entre todas las canciones del mundo elegí justo esa que es tan cursi, pero se dio así, qué se yo, dicen que en el puerperio disminuye la materia gris. Lo cierto es que yo repetí la canción hasta quedar tildada, y después mi hija me la empezó a pedir y me entusiasmé, porque nunca nadie me había pedido que le cantara algo, y pensé que, si seguía haciéndolo, cada vez que de grande ella la escuchara esa sensación de seguridad nocturna se le activaría químicamente, le quedaría una huella en algún circuito neuronal.

Visto a la distancia, creo que era mi manera de transmitirle la idea de que en este mundo había cosas —las gotas de lluvia, los bigotes de los gatitos, las teteras de cobre— que elevaban la vara de la experiencia humana y que no necesitaban ser inaccesibles, ni costosas, ni complejas. Aunque, por supuesto, hay cosas inaccesibles, costosas y complejas que pueden dejarte con la boca abierta y no deberíamos desdeñarlas por serlo, pero por entonces yo quería transmitirle la gracia de lo simple.

1. Traducida en España como *Sonrisas y lágrimas*. (*N. del E.*)

Ahora bien, dudo si el *modus operandi* era el adecuado. Alguien, o más bien ella misma, podría acusarme de manipuladora por eso de intentar trazar surcos en su mente sensible, pero las madres podemos hacer ese tipo de experimentos monstruosos y justificarlos de algún modo.

¿Han visto el video del hombre que ve el arcoiris doble? Vayan a verlo, corran: se llama *Yosemitebear Mountain Double Rainbow 1-8-10* y es un tipo que entra en éxtasis frente a un arcoiris doble que se le aparece en el frente de su casa en el parque Yosemite. «Oh, Dios mío, es un *freaking* arcoiris doble», grita el hombre mientras su celular temblequeante intenta captar la imagen de los dos arcoiris que se expanden, uno arriba de otro, como acuarela, y luego caen y desaparecen tras unas colinas verdes. El hombre parece haber esperado toda su vida para ver ese arcoiris doble. «Oh, Dios, es tan brillante, tan hermoso, oh, oh, oh.» Se escuchan sus llantos desesperados durante largos minutos y luego prosigue: «Un arcoiris doble y completo a través del cielo. ¿Qué significa? Dios mío, es tan intenso, ¿qué significa?». Es solo eso el video que se volvió leyenda en enero del 2010: el éxtasis de Paul Vasquez y la bella indiferencia del universo capturados en veinte segundos de YouTube.

Todo esto para decir que yo prefiero ser siempre la ridícula que grita frente al doble arcoiris a ser la superada que lo ha visto todo.

INDICE